# LE BOURGEOIS

# LES CARACTÈRES DE CE TEMPS

LE POLITIQUE, Par Louis BARTHOU, *de l'Académie Française.* — LE PAYSAN, Par Henry BORDEAUX, *de l'Académie Française.* — LE DIPLOMATE, Par J. CAMBON, *de l'Académie Française.* — LE BOURGEOIS, Par Abel HERMANT. — LE PRÊTRE, Par Monseigneur JULIEN, *Évêque d'Arras.* — LE FINANCIER, Par R.-G. LÉVY, *Membre de l'Institut.* — L'HOMME D'AFFAIRES, Par Louis LOUCHEUR. — L'ÉCRIVAIN, Par Pierre MILLE. — LE SAVANT, Par le Prof. CH. RICHET, *Membre de l'Institut.* — L'AVOCAT, Par HENRI-ROBERT, *de l'Académie Française, Ancien Bâtonnier.* — L'OUVRIER, Par Albert THOMAS. Etc., etc.

LES CARACTÈRES DE CE TEMPS



# LE BOURGEOIS

PAR

ABEL HERMANT

A PARIS
Chez HACHETTE

# LE BOURGEOIS

*PAR*

A PARIS
Chez HACHETTE

Il a été tiré de cet ouvrage soixante exemplaires sur papier de Hollande, numérotés de 1 à 60.

# LE BOURGEOIS

## CHAPITRE PREMIER

## LE MOT

C'EST ici un *petit* livre de bonne foi, Lecteur...

Notre confrère MYZON, qui de son coin me guette, gronde :

— On le dit toujours !

Mais l'usage est-il de dire ce que j'ajoute fièrement : « De bonne foi, oui, sans doute ; impartial, non pas ».

O impartialité, vertu des tièdes ! Je rappelle que, selon saint Jean (*Apocalypse*), le Seigneur est toujours « prêt de les vomir de sa bouche » (*Traduction de M. de Saci*).

O impartialité, vertu de la région des morts ! Les Anciens, qui avaient de la perspicacité, n'ont pu concevoir de justice impartiale que sur l'autre rive du fleuve ; et une religion plus téméraire ou plus franche a substitué à l'idée de la justice rigoureuse celle de la clémence infinie.

La vérité est toujours belle, mais elle n'est « intéressante » que dans un certain jour, qui est souvent un faux jour.

L'essentiel n'est pas d'argumenter selon la règle, mais de passionner le débat.

Myzon reprend :

— Quelle est cette emphase ? Quels sont ces accents sibyllins ?

— N'avez-vous point observé, Myzon, que c'est le ton du jour, et que l'on ne saurait plus se faire prendre au sérieux si l'on n'affecte une gravité de pontife ? Celui qui, par mauvaise fortune, a de l'esprit, qu'il le cache ! L'ironie familière de Socrate n'aurait plus aucun succès. On perd sa peine si l'on dit légèrement des choses d'importance ; mais on gagne l'oreille du public si l'on dit pédantesquement n'importe quoi. C'est un terrible signe de béotisme.

Myzon me ramène à mon sujet et à mon pensum.

— Pardon, fait-il, nous donnez-vous à entendre que vous avez le dessein d'écrire une apologie du bourgeois, au lieu du « caractère » qui vous a été commandé ?

— Et quand ainsi serait, Myzon ? Ne savez-vous pas que le bourgeois, de qui vos lèvres bourgeoises n'articulent elles-mêmes le nom qu'en faisant une moue de dédain, le bourgeois est de toutes parts ou bafoué ou vilipendé, et que c'est aux siens de s'armer pour sa défense ? Il serait plus habile de feindre que nous ne sentons pas les coups ? Un ridicule disait à un homme d'esprit : « Tous les gens se moquent de moi, vous faites chorus, on m'assure que vous ne cessez pas de m'attaquer. — Moi ? je ne cesse pas de vous défendre ! » C'est le coup de pied de l'homme d'esprit. Soit ! Mais chacun son goût. Je préfère accuser les touches et riposter. S'il y a moins d'habileté, il y a plus de bravoure. On ne parle que de lutte des classes : eh bien, je marche avec ma classe.

Je m'avise que, sans y prendre garde, j'ai fait preuve d'un courage singulier. J'ai osé dire : « Je suis bourgeois ». On a trop loué Caton, qui épousait indistinctement toutes les causes vaincues. Ce n'était peut-être qu'une manie, une perversion ou une pose. Du moins, il doit à cette singularité, moins périlleuse, partant moins méritoire que l'on n'imagine, le meilleur de sa réputation ; au lieu qu'on hasarde celle que l'on peut avoir, en se déclarant, contre la mode, pour les causes mal portées.

CRATYLE et HERMOGÈNE (1), bien qu'ils soient aux Iles fortunées, où ils auraient mieux à faire, continuent de disputer ensemble sur l'origine et la propriété des noms. Leurs hypothèses sont moins téméraires qu'au temps de leur vie terrestre, parce que la science a fait depuis lors des progrès dont le bruit est venu jusqu'à eux. Ils profitent de toutes les acquisitions de la séman-

(1) Personnages d'un dialogue de Platon.

tique, et n'ont point à s'embarrasser, d'autre part, de la grammaire comparée, vu que les morts usent d'une seule langue, diplomatique, et qui ne saurait être, évidemment, que le français.

— O Cratyle, dit Hermogène, reconnaîtras-tu que, là-bas, tu avais tort de me prétendre que chaque chose a un nom qui lui est naturellement propre ; que ce n'est pas son nom, celui que certains hommes sont convenus de lui donner, en faisant une certaine articulation de la voix ; mais que la nature elle-même lui en attribue un qui dès lors la signifie, lui appartient, et devient également intelligible aux Grecs ou aux barbares ? Moi, je te soutenais, au rebours, que le sens des mots est uniquement dû à une convention, à un consentement des hommes, et que, si l'un d'eux cesse de plaire, si on le remplace par un autre, les titres de propriété du nouveau venu ne sont ni moins valables ni moins légitimes.

« J'avoue, ô Cratyle, que notre langue maternelle pouvait te donner quelque semblant de raison. Elle était assez proche encore des idiomes primitifs pour rappeler par je ne sais quel prestige que la parole humaine est un don des dieux. Parfois aussi, en l'écoutant, ou bien nous croyions saisir comme un écho de la raison mystérieuse et profonde qui avait fait associer le mot et la chose ; ou bien, au contraire, cette association nous semblait inexplicable, et nous n'en pouvions imputer le caprice qu'au bon plaisir d'un immortel. Tu ne nieras cependant pas toi-même qu'un seul mot avait déjà plusieurs sens fort différents, que nous ne nous gênions pas pour abuser de cet avantage, et que notre artifice favori, quand nous disputions, était de prendre tour à tour le même terme dans ses acceptions les plus diverses et les plus éloignées, sans avertir du glissement celui qui argumentait contre nous.

« Le dialecte qui nous a été imposé afin d'épargner aux morts les embarras de la confusion ne nous permettrait plus l'emploi de ce procédé, d'ailleurs peu loyal. Chaque mot, comme en grec, a plusieurs sens, mais ne passe point de l'un à l'autre par des nuances aussi indiscernables que celles du cou de la colombe. Ils sont tranchés, souvent contradictoires, et le plus impudent des sophistes n'oserait plus jouer comme nous le faisions jadis sur des mots si grossièrement déterminés : sa sottise ou sa mauvaise foi deviendraient trop évidentes, il craindrait de se faire mal juger.

« Je te citerai l'adjectif ou substantif *bourgeois*, qui me donne bien de la tablature. Je n'ai jamais pu démêler si c'est un titre hautement honorable ou une injure. Je penchais pour la première interprétation ; mais un jour que je souhaitais la bienvenue à un Français, récemment débarqué dans cette île, je le qualifiai de « bourgeois », pensant lui dire une politesse, et il me répondit, d'un air de mauvaise humeur :

« — Vous en êtes un autre.

Je ne saurais décider entre la thèse de Cratyle et celle d'Hermogène ; mais qu'importe ? J'ai retenu de leurs propos que la chose et le nom qui la signifie sont bien à jamais unis par un lien, qui peut se relâcher ou se tendre, qui toutefois demeure indissoluble, soit que la volonté d'un dieu ou le consentement des hommes ait établi cette relation, soit, en d'autres termes, qu'Hermogène ait raison, ou Cratyle.

Une expérience a confirmé mon opinion. J'ai observé que les ignorants prennent souvent un mot pour un autre : à leur insu, et quoiqu'ils ne soupçonnent pas les étymologies, le vocable apparemment impropre et qu'ils ne croient pas choisir exprime une nuance de leur pensée dont eux-mêmes ils ne se rendent pas compte ou qu'ils ne s'avouent pas.

Ainsi, l'un des sujets de controverse le plus à la mode (à l'heure où j'écris) dans les milieux de littérature, est la question de la publicité. Est-il adroit ou téméraire d'annoncer le triomphe d'une pièce de théâtre avant qu'elle soit jouée, et de proclamer chef-d'œuvre un roman avant qu'il soit imprimé ou écrit ? Les uns disent blanc, les autres noir, mais les uns et les autres usent d'une seule et même épithète pour qualifier cette réclame par anticipation : ils l'appellent *préventive*. J'imagine qu'ils entendent *préalable*. S'ils prenaient la peine de consulter leur dictionnaire, ils verraient que ce dernier adjectif déplaisait à Vaugelas ; il a du moins le mérite de dire clairement ce qu'il veut dire, savoir « qui va devant » ; au lieu que *préventif* signifie ce qui prévient ou qui empêche. Il s'ensuit de là que la réclame préventive est celle qui empêche une pièce de réussir ou un livre de se vendre ; et ceux qui pensent affirmer les avantages de cette sorte de réclame en dénoncent les inconvénients sans y penser.

Cette remarque particulière m'a suggéré une méthode. Si la pensée des gens s'exprime par leur langage et se trahit par leurs fautes de langage, l'étude du mot ne doit-elle pas toujours précéder celle de la chose ? Ah ! que j'en saurai déjà long et sur les bourgeois au pluriel et sur le Bourgeois au singulier, si j'arrive à démêler par quel étrange privilège *bourgeois* signifie tantôt ceci, tantôt cela, et oscille entre deux contraires, en passant toujours, mais sans s'arrêter jamais, au juste milieu !

Je ne me flatte pas d'avoir toute science infuse, et je ne répugne pas à solliciter les conseils d'autrui. J'ai cette habitude, précisément bourgeoise, de me fournir dans les meilleures maisons ; je témoignerais de l'inconséquence si je me montrais moins attentif à choisir un conseilleur qu'un habilleur ou un bottier. J'interrogeai donc l'un de mes amis, qui connaît la terre entière, et le priai de m'indiquer ce qui, pour le moment, se fait de mieux comme philologue. Il me répondit que le doute n'était point permis, et il m'indiqua MÉLANTHÉE.

— Qui est, dis-je, ce MÉLANTHÉE ?

— Un homme extraordinaire !

— On le dit du premier venu.

Mon ami haussa les épaules et me répéta que Mélanthée était le savant le plus savant, mais surtout le plus original.

— Il sait, en fait de grammaire, tout ce que l'on peut savoir, et plus encore : il le sait sans l'avoir appris, ou il l'a délibérément oublié ; ensuite il a réinventé les règles les plus élémentaires, comme Pascal les trente-deux premières propositions d'Euclide, et comme lui en bouleversant la terminologie reçue, en appelant rond ce que l'usage veut que l'on nomme cercle ou circonférence. N'est-ce pas une véritable révolution ?

— En effet, dis-je.

— Vous sentez qu'un bolchevik de cette trempe n'a point les démarches timides des anciens pions. Il brouille tout, mais c'est exprès, et l'on a dit à sa louange qu'il a introduit le désordre jusque dans la grammaire, comme on a dit d'un grand mathématicien de ce temps-ci qu'il l'avait introduit jusque dans les mathématiques. Sa devise est : *En avant par-delà les tombeaux des langues mortes !* Cet humaniste a en horreur les humanités, et rien ne lui apprête plus à rire que la tradition.

— Je vois, dis-je, qu'il peut m'inspirer confiance... Mais, je vous prie, s'il hait si fort les humanités, pourquoi, comme un humaniste de la Renaissance, s'est-il affublé d'un nom grec qui est, en l'espèce, celui du chevrier d'Ulysse ?

— C'est une pédanterie bien innocente, fit mon ami non sans embarras. D'ailleurs, *Mélanthée* n'est pas un sobriquet, mais une traduction libre, une interprétation de son nom véritable, qui signifie qu'il a le poil d'une couleur sombre, et plutôt brun que blond. Allez voir Mélanthée.

— J'irai, dis-je.

Mon étonnement ne fut pas médiocre d'apprendre que le révolutionnaire occupait un poste élevé dans l'Enseignement. Il était logé dans le Temple même ; mais il ne me fit point faire antichambre et il me reçut avec rondeur. Il ne me demanda point *Qu'y a-t-il*, mais *Qu'est-ce qu'il y a pour votre service ?* J'eus un petit accès de timidité. Si ses yeux vifs semblaient me dire *Allez-y !* sa barbe m'imposait. Enfin, j'assurai mon courage et lui avouai, en baissant la vue, que l'objet de mon importunité était de le questionner sur le sens d'un mot. Il ne me laissa pas le loisir de lui dire quel mot, et fit violence à sa modestie naturelle pour me répéter ce que je savais déjà, que je ne pouvais m'adresser à personne qui fût en ces matières plus compétent que lui.

Il poursuivit, avec une volubilité incroyable :

— Je suis un inventeur, je n'en suis pas plus fier : si j'ai du génie, ce n'est pas ma faute. Aristote, ma bête noire, a classé les parties du discours selon leur valeur grammaticale, noms, adjectifs, verbes, etc. ; moi, je brouille tout, et je me fiche des signes, je ne me soucie que des choses signifiées. C'est un coup d'État, mais je n'ai pas hésité à passer le Rubicon. Vous êtes venu me demander le sens, ou plutôt — je précise votre intention qui peut-être, probablement, vous échappe — *les sens* d'un mot : je vous répète que vous ne pouviez vous adresser à un savant plus capable que moi de vous donner satisfaction ; car le chapitre le plus remarquable de mon ouvrage le plus célèbre porte ce titre : *Caractérisation et caractéristiques*, et débute par cette phrase lapidaire : « Caractériser, c'est noter les caractères essentiels ou accessoires, naturels ou acquis, durables ou éphémères, d'un être, d'une chose, ou d'une notion... »

— Monsieur... dis-je.

— Un mot, continua Mélanthée, n'a pas à proprement parler de sens, sinon théorique ; mais il a une température qui fait varier ce sens théorique, d'un côté depuis le zéro de la glace fondante jusqu'au zéro absolu et, de l'autre côté, jusqu'aux cent degrés de l'ébullition. Vous voyez, par parenthèse, comme ceux qui croient qu'il n'y a que trois degrés, le positif, le comparatif et le superlatif, n'y entendent rien. Pour marquer les nuances, il y a des moyens intrinsèques et des moyens extrinsèques. Le ton est un moyen intrinsèque. On modifie également le sens, en ajoutant *Mais là !... S'il vous plaît... Va !... N'est-ce pas ?* ou *Je n'te dis qu'ça...*

— Monsieur, je suis venu vous consulter sur le sens du mot *bourgeois.*

— Bravo ! fit Mélanthée. C'est, de tous les mots de la langue française, le meilleur que vous pouviez choisir pour illustrer ma doctrine. Sentez-vous la différence si je dis : « C'est un bourgeois... Phu !... » ou si je dis : « Va donc, eh ! *borgeois* » ?

— Monsieur, c'est précisément cette différence qui me déconcerte, et...

— Ne vous en faites pas, me dit Mélanthée avec une familiarité charmante, et ouvrez votre dictionnaire si vous en avez un. Vous y verrez que le bourgeois est le citoyen d'une ville, jouissant des droits attachés à ce titre ; et les deux premiers exemples de Littré sont « un bourgeois considéré », « une riche bourgeoise ». Il est clair que, si vous avez des droits, si vous êtes riche et considéré, je ne vous dirai pas *Va donc !* Je vous dirai *Phu !...* De même si vous êtes « bourgeois du roi », c'est-à-dire exempté de toute servitude, et encore si vous êtes « le bourgeois », c'est-à-dire le patron ; mais, en ce dernier cas, vos employés ne vous parleront pas sur le même ton que moi et vous traiteront avec le dernier mépris. Enfin, on dit bourgeois par dénigrement. On l'a toujours dit. *Cela sent son bourgeois* est déjà dans Molière ; mais cette épithète n'est devenue positivement injurieuse que dans la bouche des artistes contemporains. Ne craignez rien de moi, je ne suis pas un artiste.

— Je m'en doutais, dis-je. Monsieur, je vous remercie de votre leçon. Je ne suis guère plus instruit qu'avant de vous voir, mais je n'ai pas perdu ma journée : j'ai vu un homme extraordinaire.

— N'est-ce pas ? dit Mélanthée.

Deux visages du bourgeois, d'après le vieux Théophraste.

Le bourgeois est celui qui fait des économies et qui sait compter. S'il assiste par badauderie à un spectacle de la rue, il a bien soin de s'esquiver au moment que l'on fait la quête. Il lésine sur les frais de noces ou d'enterrement. S'il donne à dîner et doit prendre des serviteurs d'extra, il les loue nourriture comprise et fait mettre de côté les reliefs du festin. Son épouse ne confie à personne les clefs du garde-manger. Il n'envoie pas ses enfants à l'école environ le temps des étrennes, et quand il sait que l'on doit faire une collecte pour le maître. Au théâtre, il s'assoit sur son manteau pour épargner les frais de vestiaire...

Le bourgeois est celui qui a la volonté de richesse et la volonté de puissance. Quand le peuple délibère, il monte à la tribune et dit :

— Silence aux bavards ! Donnez-moi les pleins

pouvoirs ; sinon, c'en est fait de la république.

Il ne cache point que l'odeur de la foule le dégoûte et il dit très haut :

— Quelle humiliation pour nous de siéger, dans l'assemblée, à côté de ces gueux malpropres !

Il se plaint que les démagogues menacent la fortune acquise, et que les tribunaux du peuple ne sont point justes pour les gens d'une condition respectable ; mais il se plaint surtout des contrôleurs du fisc, qui lui attirent de graves ennuis s'il n'a point fait une déclaration sincère de son revenu, et il gronde :

— Ces sycophantes nous rendent la ville inhabitable.

*CHAPITRE II*

# GALERIE DES ANCÊTRES

JE remonte le cours de notre histoire, et je cherche dans la nuit des temps, où en effet elles se perdent, les origines de cette classe ou de cette caste, dont je suis sorti. Je ne trouve que motifs d'orgueil et d'intérêt ; je comprends le mot de ce grand bourgeois (d'un roman récemment paru) :

— J'ai derrière moi quatre cents ans de roture.

Pour un, pris au hasard, quatre cents ans, c'est beaucoup ; pour la caste, ce n'est rien. On a dernièrement comblé de distinctions honorifiques des familles attachées à la glèbe depuis Charlemagne, et dont la filiation est certaine. Quand on lit ce qu'un Saint-Simon écrivait des plus hauts et puissants seigneurs de son époque, peut-on résister à croire que la seule noblesse authentique est dans le Tiers, et que cette locution arrogante : *Je suis né*, a été inventéepar ceux qui se flattaient de l'être pour ceux qui, faute d'habitude, oubliaient de s'en targuer ?

Vérité toute relative et illusoire du mot de Beaumarchais : « Ils se sont donné la peine de naître ».

Nos ancêtres n'avaient ni la passion, ni même le

sentiment de l'égalité. Nous qui en sommes si jaloux, nous avons peine à comprendre cette indifférence et peu s'en faut qu'elle ne nous semble contre nature. Ils n'attachaient de prix qu'aux avantages personnels, aux privilèges. Ils n'enviaient pas ceux d'autrui s'ils n'en étaient point gênés, et ne les souhaitaient point pour eux-mêmes : ils en souhaitaient d'autres, faits pour ainsi parler sur mesure, mieux appropriés à leur condition et à leurs intérêts.

Lorsque les bourgeois d'une ville s'unissaient (et assez souvent sans exclure les gentilshommes ni les clercs) pour *jurer* une commune, ils exigeaient du suzerain, ou lui achetaient une « charte » ; et dans cette charte il n'était question que de *libertés*, c'est-à-dire de franchises ou d'exceptions, en d'autres termes, de privilèges.

Si le sens de « bourgeois » n'est point fixe ni déterminé, l'étymologie n'est pas douteuse : il vient de « bourg » qui, sans le définir, le situe, et déjà en un rang honorable. Il est vrai que ce mot germanique semble avoir à son origine signifié, comme de nos jours, un groupe, assez restreint, d'habitations ordinairement modestes ; mais il a bientôt désigné, au delà du Rhin, le nid d'aigle du burgrave, et en deçà, les maisons qui se serraient autour du château, de l'abbaye, entre les murs ou hors les murs d'une enceinte fortifiée : hors les murs, c'était le *foris burgus* ou le faubourg.

Le bourg de Carcassonne était au pied de Carcassonne, et plusieurs bourgs, en se réunissant, ont formé la ville de Tours.

Il est curieux qu'en français le mot *ville* a une étymologie fort humble, puisqu'il vient de *villa* et n'a pu désigner d'abord que les logis précaires groupés autour d'une riche maison de campagne ; au lieu que *bourg* a une étymologie quasi noble. Aussi de *ville* on a tiré *vilain*, qui a pris assez vite un caractère nettement péjoratif ; les Grecs avaient tiré, du mot de leur langue qui signifie *ville*, une épithète qui s'applique également aux agréments du corps et aux finesses de l'esprit ; et de *bourg* on a fait *bourgeois*, qui se prend tantôt en bonne, tantôt en mauvaise part.

Les bourgeois se distinguaient des nobles, mais ils se distinguaient encore plus des manants, avec qui ils n'avaient de commun que la résidence. Encore pouvait-on être bourgeois du roi, et, à l'occasion, bourgeois d'une ville où l'on n'avait jamais mis le pied.

Ils n'avaient pas le droit d'acquérir des fiefs, mais il était avec la coutume et la loi bien des accommodements.

C'est une grande commodité d'être né si bas que l'on ne puisse déroger. Se rappelle-t-on qu'il n'y a pas quarante ans il était presque aussi rare de voir un noble qu'une femme exercer une profession, même libérale ? Aujourd'hui, la question ne se pose plus, ni pour la caste, ni pour le sexe. Elle ne s'est jamais posée pour les bourgeois. Ils ont d'abord « fait de l'argent » ; et c'est dès le moyen âge que l'on trouve chez eux le *cens*, avec ce que l'on appelait, un peu avant la Révolution de 1848, l'adjonction des capacités.

Leurs moyens, dès le XIV^e^ siècle, étaient si considérables que les nobles prétendaient à devenir bourgeois sans cesser d'être nobles ; mais les riches bourgeois se piquaient de vivre noblement, et dès lors le snobisme était né.

Il ne rencontra point si tôt un Thackeray ; mais on trouve la petite monnaie du *Livre des snobs* chez les conteurs de l'époque, dont le ton n'est pas moins âpre. Leurs railleries à l'adresse du goût bourgeois, de la mesquinerie et de la vanité bourgeoise, de la dureté bourgeoise, ressemblent aussi, étrangement, aux « clichés » des artistes ou des socialistes du XIX^e^ siècle sur le même sujet.

La bourgeoisie n'a cessé de grandir jusqu'à la Révolution, qu'elle a faite, et ses ennemis ajoutent : qu'elle a escamotée. Après quoi, elle s'est officiellement retirée de la scène, elle n'a plus d'existence légale ; mais cela prouve simplement qu'il y a plusieurs manières d'exister. Elle peut dire : « Je possède, donc je suis ». Peut-elle dire encore : « Je dirige, donc je suis » ?

Bien que le niveau des études ait baissé terriblement,

si le professeur indulgent qui fait passer les examens du baccalauréat demande au candidat : « Connaissez-vous quelques bourgeois notables de l'ancien régime ? » il est presque sûr de recevoir cette réponse :

— Ah ! oui, les bourgeois de Calais...

Elle n'est pas si sotte, encore que le jeune élève ne fasse pas exprès de tomber si à propos. Il paraît que les six bourgeois de Calais, dont le plus connu est Eustache de Saint-Pierre, nous peuvent assez bien faire comprendre ce qu'étaient des bourgeois environ le milieu du XIV^e^ siècle, et quelle sorte de patriotisme, assez différent du nôtre, était leur attachement à la terre natale ou à la ville de bourgeoisie.

Nous croyons même les connaître de visage, du moins Eustache ; mais nous imaginons que les autres lui ressemblaient comme des frères, comme nous imaginons toujours à distance, dans l'espace ou dans le temps, que les hommes d'une même race et d'une même condition se ressemblent. Nous les voyons tels que le sculpteur Cortot a représenté Eustache sur la façade de l'hôtel de ville à Calais même, ou tels que Rodin les a représentés tous les six. Un tableau d'Ary Scheffer nous inspire moins de confiance. Il est peut-être utile de rappeler que ces documents iconographiques sont postérieurs à l'événement de cinq siècles et davantage.

Mais les documents littéraires ne sont pas beaucoup plus sûrs. Froissart nous rapporte comment Edouard III d'Angleterre réduisit enfin Calais par la famine après un long siège, et consentit de recevoir la ville à merci pourvu que six des principaux bourgeois lui en vinssent présenter les clefs, tête nue, pieds nus et la hart au col. Les six se trouvèrent sur-le-champ, mais déjà la façon pleurarde dont le vieux chroniqueur conte cette histoire donne sur les nerfs à Michelet. Il ne doute pas que « cette grande action ne se fît tout simplement, et non piteusement, avec larmes et longs discours, comme l'imagine le chapelain Froissart ». Il est persuadé d'autre part que le roi d'Angleterre, qui s'était fort ennuyé devant Calais et y avait laissé beaucoup d'argent, avait bonne envie de passer tous les habitants au fil de l'épée. Edouard eût ainsi « protégé » les marchands anglais, qui n'entendent pas autrement la concurrence ; mais les chevaliers lui déclarèrent que, s'il traitait ainsi les assiégés, ses gens n'oseraient plus s'enfermer dans les places : ce n'était point la chevalerie qui inspirait leur générosité, mais la crainte des représailles. Michelet pense que, de toute manière, « il y avait danger pour les premiers qui paraîtraient devant le roi ».

Ce n'est point ce que croit Voltaire. Cette formalité de la corde au cou ne lui semble pas alarmante. Il explique que l'on en usait ainsi avec les sujets rebelles, et qu'Édouard était intéressé à faire sentir qu'il se regardait comme roi de France. Il ajoute que « certainement Édouard n'avait nul dessein de faire serrer la corde que les six Calaisiens avaient au cou, puisqu'il fit présent à chacun de six écus d'or et d'une robe ». Il y met peut-être un peu de complaisance et il ne cache pas sa sympathie pour Édouard III. Certains documents, que l'on a retrouvés plus tard aux archives de la tour de Londres, ne lui donnent peut-être pas raison à la rigueur, mais ne lui donnent pas tort. Ils témoignent qu'Eustache de Saint-Pierre touchait une pension sur la cassette du roi ; qu'il était rentré en possession d'une grande partie de ses biens immobiliers, après une confiscation de style ; enfin (c'est l'essentiel), qu'après la prise de Calais, il était resté bourgeois de Calais comme devant : et ce dernier trait n'est-il point ce qui nous éclaircit mieux de la signification solide et profonde du mot *bourgeois* ?

Qui est donc ce « bourgeois de Paris » qui écrivit le *Journal* de Charles VI et de Charles VII, de l'an 1405 à l'an 1449 ? L'anonyme qu'il a gardé, non par prudence seulement, nous témoigne que la bourgeoisie, en ce temps-là, ne se souciait guère de publicité. Elle a beaucoup changé depuis. A présent, l'auteur nous déroberait peut-être encore son nom, mais ce serait plutôt pour piquer notre curiosité : il ne nous déroberait point son portrait.

Grâce à cette petite énigme, qui depuis Etienne Pasquier a taquiné tous les érudits, il a mieux servi sa mémoire que s'il eût fondé un prix ; et son exemple nous montre que l'immortalité anonyme est celle que l'on dispute le moins. Quelle leçon !

Non que sa chronique soit par elle-même dénuée d'intérêt. Elle fournit aux savants des précisions d'histoire locale et enseigne aux curieux amateurs que les petites gens ne vivaient pas trop bien sur la fin du moyen âge : si nous étions tentés, selon la mode, de regretter que le ciel ne nous ait point fait naître au XVe siècle (voire au XIIIe) et de nous plaindre que nous sommes venus trop tard dans un monde tout défleuri, il nous suffirait de lire quelques pages du « Bourgeois » pour nous mettre à la raison. La nourriture était, à proportion, plus coûteuse que de nos jours, et, comme de nos jours, les classes moyennes étaient obligées de compter.

Ce qui est bien bourgeois dans ce livre, c'est la place qu'y tient la politique et le point de vue d'où notre chroniqueur considère les événements. Il y a toujours eu en France une opinion, au lieu que chez les Anglais il n'y en a pas encore. Nos bourgeois ont toujours parlé politique. Leurs idées sont ordinairement justes, un peu étroites, et entachées d'un égoïsme ingénu. Dès le XVe siècle, ils étaient de l'opposition sous tous les régimes, et comme l'on dit vulgairement, ils retournaient leur veste un peu vite. Le Bourgeois de Paris prend si peu de précautions oratoires lorsque, à l'exemple de la fortune, il abandonne la cause anglaise, que certains, par pudeur j'imagine, ont voulu croire que le *Journal* eut deux auteurs.

Le plaisant est que tous les érudits qui ont disputé sur la personne ou les personnes du Bourgeois sont d'accord en un point : ce bourgeois était un homme d'église, un curé. Est-ce donc que, dès lors, *bourgeois* signifiait moins une classe de la société qu'une condition et un état d'esprit ?

MICHEL EYQUEM est plus connu sous le nom de seigneur de Montaigne, comme Arouet sous le nom de Voltaire ; mais il faut convenir que ce sont là de bien petites seigneuries. Il écrit quand on lui offre, *honoris causa*, la « bourgeoisie » de Rome :

« *N'estant bourgeois d'aucune ville, je suis bien aise de l'estre de la plus noble qui fut et qui sera oncques* ».

Mais nous l'entendons autrement; et ce descendant de négociants bordelais, encore que son grand-père, armateur, fût devenu seigneur de village, son propre père, né gentilhomme, soldat en Italie, n'est-il pas bien bourgeois d'origine ? Il l'est par toutes les circonstances de sa vie et par le train de ses idées. Il est le véritable exemplaire des riches bourgeois de son temps et de sa province.

Il fut, premièrement, élevé ou, comme l'on disait alors, nourri à la bourgeoise, et l'on surprend, dans cette maison d'Eyquem ou de Montaigne, une sorte de sentiment de la famille qui n'était point celui des maisons nobles. Michel fait des peintures naïves et charmantes de l'intimité qui régnait entre ses parents et lui, qui n'était guère de mode à cette époque et que les bourgeois du XIX$^{e}$ siècle se flattèrent d'avoir inventée. Il écrit : *un si bon père*, en un temps où les fils disaient plutôt : *Monsieur mon père.* Il était déjà « l'enfant-roi » ; mais l'on ne concevait point cette royauté comme nous faisons. Il ne s'agissait point de le gâter, de lui passer tous ses caprices, ou de s'amuser de lui comme d'une poupée, et de prolonger à cet effet son enfance, mais d'en faire un homme ; et sans doute M. de Montaigne le père estimait-il n'avoir en ce bas monde aucun devoir ensemble plus agréable et plus pressant.

On peut regretter, par parenthèse, qu'un fils si curieusement choyé de ses auteurs, et digne d'être cité comme un modèle de piété filiale, n'ait point, contre toute logique, hérité d'eux la vocation de la paternité. Ainsi se manifestait déjà, il y a quatre cents ans, chez l'un de nos plus illustres ancêtres, cette nonchalance des bourgeois à se propager que nous croyons un péril contemporain. Montaigne ne pressentait pas la dépopulation et n'avait cure des familles nombreuses. Il ne souhaitait même pas, comme les bourgeois d'à présent, l'héritier unique. Il n'a jamais pensé « qu'estre sans enfans feust un défaut qui deust rendre la vie moins complète et moins contente », et il ose écrire que « la vacation stérile a bien aussi ses commoditez ».

Cette « nourriture » de Montaigne est bien bourgeoise ; d'abord parce qu'elle est luxueuse, avec quelque montre : on ne regarde pas à la dépense, on n'épargne rien ; l'enfant est éveillé chaque matin au son des violes ; il est instruit *in hymnis et canticis*. Elle est, cette nourriture, un peu systématique, mais avec beaucoup d'intelligence et point de traditions ni de préjugés. Le programme des études et exercices fait songer à celui du pédagogue Ponocrates, de *Gargantua* et ce n'est pas dans un esprit fort différent qu'un siècle plus tard, M. Pascal le père (autre grand bourgeois) ordonnera la vie studieuse de Blaise Pascal. Enfin, les humanités tiennent dans ce programme la première place, et rien non plus n'est si bourgeois ; car c'est le Tiers qui, après les avoir restaurées, les a maintenues, et y revient, aujourd'hui, honteux d'une passagère infidélité.

Bourgeois, Montaigne le fut en son nom personnel « depuis estre sorti de l'enfance » ; d'abord par le ménagement de sa fortune et par une sorte d'économie cachée. Comme tous les gens qui ne répugnent pas à compter, il était tout fier, après coup, de ne l'avoir point fait durant près de vingt années, pour la raison qu'il n'avait alors « aultres moyens que fortuits, et despendant de l'ordonnance et secours d'aultruy, sans estat certain et sans prescription ». Il témoigne qu'il ne lui est « oncques advenu de trouver la bourse de ses amis close » ; mais il se flatte de n'avoir jamais « failli au terme qu'il avait prins à s'acquitter », et il avoue ingénument que la probité est ici d'accord avec l'intérêt ; car la mauvaise paie tue le crédit. « Sa seconde forme, dit-il, ç'a esté d'avoir de l'argent, *dont il feit bientost des réserves notables* ». Puis il jeta cet argent par les fenêtres quand le goût lui vint de voyager. « Les voyages, dit-il, ne me blecent que par la despense, qui est grande et oultre mes forces, ayant accoustumé d'y estre avecques équipage non accessoire seulement, mais encore honneste ». Et ce dernier trait est le plus bourgeois ; car tout le plaisir du voyage, pour le bourgeois le plus timoré, est une licence qu'il usurpe de renoncer tout d'un coup à l'ordinaire de sa parcimonie et de ses mœurs.

Montaigne est bourgeois par la mesure de ses opinions, de sa sensibilité, de son courage, — voire de son courage civil. Il ne se pique de rien, mais d'héroïsme moins que rien. Il n'a aucun appétit du martyre, mais il redoute davantage les épidémies. Sa position vis-à-vis de la médecine est bourgeoise : il n'y croit pas et consulte les médecins ; mais il est excellent médecin de soi-même. C'est peut-être lui qui a inventé l'hygiène ; il a écrit des pages entières sur les bains chauds ; il est le premier qui ait fait des saisons et des cures. Il ne hait pas à parler de ses petites incommodités. La postérité saura qu'il était sujet à la colique. Il l'appelle « la pire de toutes les maladies, la plus soubdaine, la plus douloureuse, la plus mortelle, et la plus irremediable ». Il confesse qu'il la « gouste bien vifvement ». On en peut juger par ces épithètes.

On a disputé infiniment sur son scepticisme qui s'amuse parfois à dogmatiser, et sur tant de contradictions apparentes, qui déconcertent. Le mot de l'énigme pourrait bien être « bourgeois ». Ce grand douteur n'a point dit à son heure dernière, comme Rabelais : « Tirez le rideau, la farce est jouée ». *Peut-être* ne s'est pas démenti, *Que sais-je ?* n'a pas tenu. Montaigne a fait une fin édifiante et est mort en entendant la messe, comme un bourgeois bien pensant.

Les romantiques, à force de nous rebattre les oreilles des perruques de Louis XIV, ont fini par duper notre imagination, et il semble que nous ne puissions plus nous figurer le grand siècle nu-tête. Nombre d'ignorants sont persuadés que nous n'en connaîtrons jamais que la façade officielle, derrière laquelle peut-être il n'y avait rien, et que pas un document authentique ne nous permet de le surprendre dans le train de sa vie bourgeoise, supposé qu'il ait vécu aussi bourgeoisement. Autant de faussetés évidentes et dont l'impudence confond, ou la niaiserie. Le Tiers, durant ce règne, fut ce que cent ans plus tard l'abbé Sieyès protestait qu'il devait être et se plaignait qu'il ne fût point : tout. Du moins, toutes les valeurs ; et c'est la justification de l'intelligence du roi d'en avoir su tirer ses grands commis. Peu importe qu'on les ait ensuite affublés de titres ou de particules. Les relations de jour en jour plus étroites entre les deux ordres et certaines alliances intéressées ne suppriment point la barrière et ne devraient même pas masquer la prépondérance de la bourgeoisie.

Tout ce qui compte, dans les Beaux-Arts et dans les lettres, vient d'elle, comme il fallait s'y attendre. Un Racine meurt de ne plus voir le roi face à face ; mais il refuse de dîner chez un grand seigneur parce que ses enfants ont reçu le présent d'une carpe, dont il veut se régaler en leur compagnie. On sait qu'il y avait de grands bourgeois, comme cette dynastie des Perrault, avocats, médecins, architectes, naturalistes et poètes, et qu'il y en avait de petits, comme ceux dont Nicolas Furetière a écrit le « roman bourgeois ».

Voilà un de ces documents que l'on prétend qui manquent. Le reste se trouve à foison dans la comédie de Molière où il ne faudrait pas croire non plus qu'il n'y ait que des marquis. Les marquis n'y sont à rebours que des utilités plaisantes, des graciosos à la française, et presque des personnages de convention ; au lieu que les bourgeois sont toujours peints sur le vif. La preuve de leur vérité est qu'ils ne se ressemblent pas comme des ménechmes de théâtre. Ils n'ont pas moins l'air de famille, des traits communs par où ils représentent, et l'on peut aisément, par l'intermédiaire de leur commerce, lier assez intime connaissance avec toute la bourgeoisie du siècle.

La moyenne de la vie était moins élevée, dit-on, en ce temps-là que présentement ; mais la race bourgeoise a toujours été bâtie à chaux et à sable, et je n'ai pas de peine à croire que trois générations vivent ensemble sous le même toit ; d'autant que la règle était alors de se marier jeune. Le grand-père, GORGIBUS, n'est pas un patriarche, mais il a bien passé la soixantaine et il ne veut point dater de Louis XIII, mais du roi Henri, sous le règne de qui son acte de baptême témoigne qu'il est né, tout à la fin. Il a, une fois pour toutes, adopté des modes déjà surannées au temps qu'il était curieux d'élégance : il porte ordinairement des vêtements noirs, point de rubans, la fraise, un chapeau fort large et fort pointu. Il est exact, sentencieux, pénétré de son expérience, et cite volontiers du latin, quelquefois des poètes, mais plus souvent des juristes.

Son fils ARNOLPHE touche à la quarantaine, qui était alors l'âge critique pour les mâles. L'âge est plus tôt ou plus tard selon les siècles, mais les symptômes de la crise ne varient guère d'un siècle à l'autre. Arnolphe a une bonne femme, ELMIRE, qui lui semble déjà un peu mûre ; et il a une inclination pour une jeune veuve de son quartier : ce qui le retient d'y céder est moins la peur de l'enfer et la vertu que la crainte de paraître vieux et ridicule. Arnolphe et Elmire ont un fils et une fille, VALÈRE et MARIANE, qui sont à l'âge d'aimer. Leurs relations avec ORGON, DAMIS et la tante PERNELLE, un lointain cousinage avec M. GEORGES DANDIN (encore que ce dernier ne soit qu'un riche paysan) font qu'ils rassemblent alentour d'eux à peu près tous les personnages de la comédie bourgeoise.

Ceux de la plus ancienne génération ne diffèrent les uns des autres que par des nuances ; ceux de la dernière venue offrent les disparates les plus tranchées. Telles des parentes ou des jeunes amies de Mariane sont de pures sottes, savent à peine lire, écrire et compter, ne soupçonnent rien des laideurs ni même des plaisirs de la vie, et l'on a beau savoir comment l'esprit vient aux filles, on se demande s'il leur viendra jamais ; car il y faut un petit commencement et des dispositions. Telles autres sont, à rebours, forcenées liseuses de romans, que leur naïveté bourgeoise prend trop au sérieux ; et parce qu'elles ont de la considération pour l'intelligence, elles sont précieuses ; mais parce qu'elles n'étaient pas destinées pour l'être, elles sont un peu précieuses ridicules. C'est quasi la même chose en ce temps-là de n'être point né au premier rang de la société ou de n'être point né dans la capitale du royaume, et elles sentent un peu la province encore qu'elles soient de Paris. Elles enragent de s'appeler Manon ou Javotte et elles n'osent se faire appeler Cathos ou Madelon.

Mariane elle-même est la personne la plus naturelle, la plus saine et la plus judicieuse. Elle est grande, belle et bien faite. Elle n'a point de stupide ignorance et n'a peur de rien, même des mots. Elle est bien, avec plus de droiture et moins de phrases, l'arrière-grand-mère des femmes qui, deux siècles plus tard, revendiqueront le droit de vivre leur vie : elle prétend être heureuse ici-bas, honnêtement et dans la mesure du possible. C'est pourquoi elle veut se marier selon son cœur.

Damis et la plupart de ses camarades sont des moitiés d'hommes du monde, c'est-à-dire qu'ils vivent bourgeoisement une partie du jour et, l'autre partie, noblement. Ils exercent une de ces professions qu'on a depuis qualifiées libérales, et qui n'étaient point alors ni toujours d'un grand profit ni même d'une grande dignité ; dès qu'elle leur laisse des loisirs, ils hantent la belle compagnie. Furetière les appelle « amphibies, le matin avocats, le soir courtisans, qui portent le matin la robe au Palais pour plaider ou pour écouter, et le soir portent les grands canons et les galands d'or pour aller cajoler les dames ». Furetière les tourne en dérision et leur reproche « d'être ajustés de manière qu'un provincial ne manquerait jamais de les prendre pour modèles pour se bien mettre ». Le trait peut frapper juste à l'occasion : il passe à côté de Damis, qui a autant d'élégance vraie que d'intelligence, et qui ne hait point à se divertir, mais qui ne rêve déjà, comme sa sœur, que de se bien marier. C'est que le mariage est l'événement de ces existences bourgeoises, et trop souvent en est le drame.

Trois choses comptent pour les bourgeois : l'argent, l'honneur et la religion. Il se peut qu'elles comptent aussi par-dessus tout pour les nobles, mais d'une façon si différente que l'on prend pour ainsi dire sur le fait, en chacun de ces trois points, la différence de nature et comme l'incompatibilité des deux castes : le plus médiocre observateur ne s'y tromperait pas.

Pour l'argent, que l'on n'a pas sans raison nommé en premier, l'opposition des deux doctrines est évidente. Tout homme né, ou de peu, ou de rien, est forcé, comme on dit, d'équilibrer son budget. La bourgeoisie dresse premièrement l'état des recettes, et la noblesse l'état des dépenses. La formule bourgeoise est qu'il faut produire l'argent que l'on dépense, la formule noble est qu'il faut le trouver. On ne méconnaît point le grand air de celle-ci, mais elle est dangereuse et peut conduire aux expédients. Il est beau de mépriser l'argent, mais les joueurs aussi et les aventuriers le méprisent. Il est vilain de l'aimer trop, et l'habitude de l'épargne incline à la parcimonie. On ne peut nier toutefois que la bourgeoisie n'eût les qualités de ses défauts, et que, selon l'expression consacrée, ses finances ne fussent plus saines.

La sincérité des grands seigneurs en matière de religion ne saurait sans impertinence être révoquée en doute ; mais il s'y mêle trop de bienséance, et pour tout dire l'étiquette des conversions me paraît trop bien réglée. Je sens plus de naïveté chez les bourgeois, et il est visible que, pour eux, la foi est vraiment la grande affaire de la vie. On sort à peine des guerres de religion qui ont divisé les familles ; et comme la terre ébranlée, longtemps après les schismes les consciences tremblent encore. La discorde n'est point d'ailleurs si apaisée qu'elle ne trouve cent prétextes pour renaître. Il y a des persécutions, des dragonnades, et ceux qui par tempérament ont l'appétit du martyre auraient de quoi le satisfaire. Il est vrai que cette naïveté des bourgeois les expose à être dupés par les faux dévots. Orgon est la proie facile de monsieur Tartuffe, qui se garderait d'exercer son industrie en haut lieu ; mais le ridicule d'Orgon ne le salit pas, et pourrait même le grandir ; car, s'il n'avait que l'esprit borné et point d'élancements vers le ciel, les prestiges de l'imposteur n'opéreraient point sur lui, et il est donc honorable qu'ils opèrent.

Quant à l'article de l'honneur, nous ne nous accorderons pas avec Montesquieu, qui le réserve aux monarchies et la vertu aux républiques. Cela semble bien impliquer, en termes plus généraux, que l'auteur de l'*Esprit des lois* tient l'honneur un privilège des gens de qualité, et la vertu un pis-aller de la bourgeoisie. Or, il est constant que les bourgeois, sous l'ancien régime, avaient souci de leur honneur ; mais ils ne l'entendaient pas comme les nobles, de qui même, à cet égard, ils prenaient presque exactement le contre-pied.

D'abord, ils attachaient l'honneur à la pratique scrupuleuse d'une certaine probité qu'il faut bien appeler commerciale, et dont les nobles n'avaient pas la moindre idée, qui était, en effet, ignoble au sens étymologique du mot, mais bien estimable. Ils appelaient aussi, et plus essentiellement, honneur « la bonne renommée qui rejaillit sur un mari de la fidélité de sa femme ». C'est un étrange préjugé : Molière s'en est moqué souvent, d'un ton qui prouve qu'il le partageait.

Il faut noter ici une curieuse anomalie des usages. Jusque dans la bourgeoisie la plus médiocre, les unions étaient conclues, de même que dans la noblesse, par des arrangements entre les pères, et les intéressés n'étaient avisés de leur destination qu'au moment de signer les articles. Mais, au lieu que les grands acceptaient d'un cœur léger toutes les conséquences de cette procédure conjugale et les inévitables revanches de l'amour, les bourgeois devenaient après coup aussi peu latitudinaires sur ce chapitre que s'ils se fussent mariés librement, par choix et par inclination. N'est-ce point pour ce motif, plutôt que pour obéir à une convention de théâtre, que Damis et Mariane se montrent si curieux d'accorder l'amour avec le mariage? Ils savent le drame sans issue où les exposerait une union mal assortie, et leur indocilité est plus prudente que la prudence bourgeoise de leurs parents.

Environ quatre-vingts ans plus tard, il semble, à

première vue, que la physionomie bourgeoise ait changé du tout au tout : si on l'examine de plus près, on y retrouve tous les mêmes traits généraux, qui n'ont fait que s'accuser. La vraie différence est un air nouveau d'aisance et de naturel qui vient de la possession d'état. Ceux qui sont arrivés ou sûrs d'arriver ne sauraient plus rien garder du parvenu. La bourgeoisie est consciente de sa destinée et désormais certaine de l'accomplir. Tout ce qui, au siècle précédent, était chez elle en puissance, est en acte. Tout ce qui était tolérance ou aspiration est obtenu et reconnu officiellement. Le mot du siècle est « le préjugé vaincu ».

Les plus libres esprits ne proclament encore cette défaite qu'avec timidité. Voltaire lui-même, à la fin de la comédie qui porte justement ce titre, accorde, pour ménager, pour rassurer l'opinion, qu'il ne faut admettre que par exception la défaillance des préjugés, et que cela ne doit pas « tirer à conséquence »; nous dirions aujourd'hui : créer un précédent. L'esprit de réaction s'est employé, par la suite, à nous persuader qu'il n'est pas bon que les préjugés soient vaincus et qu'ils ont leur utilité non moins que leur charme. Supposé que ces doctrinaires rétrogrades puissent alléguer quelques arguments valables, on pourra toujours leur répondre qu'il faut, à certaines époques, faire table rase, et que l'humanité se doit de temps en temps borner à une conception purement raisonnable de la vie, qui est, en d'autres termes, une conception bourgeoise.

Le bourgeois du XVIIIe siècle vient d'achever son entraînement. Il est fin prêt, comme disent nos gens de sport. Il est prêt pour jouer la partie de la Révolution et pour la gagner.

Il l'a déjà gagnée sur plusieurs points. La société ressemble plus, vingt ans avant l'orage, à celle du XIXe siècle qu'à celle de Louis XIV. Elle ouvre même plus libéralement ses portes qu'elle ne fera plus tard, aux jours de la Restauration. Il y a encore la cour et la ville ; mais il y a surtout la bonne compagnie et la mauvaise, et c'est le mérite personnel ou la fortune, plus que les quartiers de noblesse, qui donne accès dans la première. Si l'on ne considère que le monde, la Révolution n'a plus guère de barrières à renverser, mais la rancune de la Révolution les relèvera.

Ce qui fait, au regard de notre sensibilité, la vraie différence des bourgeois du XVIIIe siècle et de ceux du siècle précédent, c'est que les contemporains de Louis XIV nous ont tous l'air, révérence parler, de vieux tableaux, et qu'il nous semble que les contemporains de Louis XV ou de Louis XVI, nous les avons rencontrés ailleurs qu'au musée, nous les avons connus vivants. Ils sont tous morts depuis beaucoup plus de cent ans ; mais notre grand-père, de qui nous avons encore le visage devant les yeux et la voix dans les oreilles, se souvenait de même de son grand-père, et grâce à cet intermédiaire unique, nous pouvons assez légitimement et sans excès de complaisance nous figurer que nous sommes les témoins oculaires et auriculaires de ce passé lointain.

Il faut étendre le sens du mot *contemporain* et la durée de validité des témoignages personnels. Nous avons, de la bourgeoisie du XVIIIe siècle, une connaissance plus familière qu'historique, parce que notre mère-grand faisait des gestes qu'on ne fait plus et qui dataient de son enfance, parce qu'elle évitait les liaisons dont les gens à demi cultivés abusent, parce qu'elle faisait des fautes de français qui sont tombées en désuétude et auxquelles on a substitué d'autres fautes plus nouvelles, mais qui se rencontrent dans Restif de la Bretonne. Il suffit du souvenir d'un geste ou d'un solécisme démodé pour ressusciter toute une époque. C'est une manière d'hallucination, bien touchante et bien mélancolique.

Quoi de plus vain qu'un portrait qui prétend à être achevé ? On y revient sans cesse et, comme le chef-d'œuvre inconnu, plus on y retouche, plus on le gâte. La magie discrète de la suggestion est plus efficace pour évoquer les fantômes. Ne croyez-vous pas les voir et les entendre, si l'on vous rappelle seulement qu'ils avaient coutume de dire qu'une porcelaine est *casuelle* et que les éducateurs de la jeunesse doivent former le cœur en même temps que l'esprit ?

Fragment. Profil de femme (1796).
ERMELINE dort.

Mais ce n'est point dans la nacelle d'acajou que décorent deux cygnes de bronze tordant l'un vers l'autre leurs cols symétriques, entr'ouvrant leurs becs d'où s'échappent deux festons de lourdes fleurs.

Sur le dur canapé, dont le dossier s'érige à angle droit, puis s'échappe en courbe, elle a les jambes allongées, le buste rigide, la tête qui se renverse. Tous ses cheveux pendent par derrière, poudrés de tant de poudre rouge et de tant de poudre d'or que la veilleuse antique, posée loin, suffit pour allumer des éclairs dans cette chevelure somptueuse et métallique.

Son profil roxelanien est affiné par des transparences. Sa poitrine, que la hardiesse de cette cambrure délivre, n'est plus prisonnière dans la tunique de linon. Elle se révèle mûre, admirable ; car les femmes — lorsque leurs modes simplifiées restaurent la religion des formes et répudient les artifices — semblent pouvoir, au gré de leur coquetterie désarmée mais invincible, redevenir statues. Telle dort Ermeline parmi la blancheur de l'étoffe qui la voile sans la vêtir.

Ermeline rêve...

... Elle se réfugia parmi les souvenirs, elle s'y enroula comme dans un manteau qui la réchaufferait. Elle voulut se transporter dans le salon de sa mère, parmi la compagnie délicate et spirituelle, cette bourgeoisie riche qui, à la fin du siècle, s'était appropriée, sans gaucherie de parvenu, toutes les élégances de la noblesse, la dépassant même par on ne sait quel charme de solidité que la noblesse d'origine ne possédait point ; comme si l'habitude héréditaire d'un peu de vie positive et de certaines occupations pratiques, loin d'être mortelle aux qualités de luxe, leur servait au contraire de fondement et de substance.

Elle se revit elle-même donnant la réplique aux hommes éminents qui venaient là discuter la révolution de demain. Si jeune, elle avait déjà la repartie vive et le mot, mais une incapacité de raisonner droit, qui faisait sourire jusqu'à sa mère, elle-même assez peu géométrique cependant. Celle-ci, frileuse et valétudinaire, ne bougeait pas du coin de feu, la tête toujours emmitouflée de lingeries. C'est vers son grand fauteuil capitonné que se dirigeaient le plus souvent et avec persistance les yeux aigus d'Ermeline enfant. Elle lisait dans le cœur de sa mère, avec la pénétration de cet âge, qui observe tout, même ce qu'il ne peut expliquer ni comprendre. Elle y devinait une sensibilité merveilleusement active, un dégoût des entremets amoureux qui avaient été le régal des cœurs friands de ce siècle, une curiosité de la passion qui commençait à bouillonner au moins dans les romans. Elle devinait, en un mot, que le cœur mécontent de cette femme voulait pour le cœur humain une sorte de révolution qui le ramenât à la loi de nature, comme la Révolution ramènerait la société aux principes de l'éternelle justice. Plus fine encore, Ermeline devinait que sa mère, surtout imaginative, ne ferait guère que la théorie de cette révolution ; et dans son propre cœur, qui alors se gonflait un peu, l'espoir se glissait d'être elle-même prédestinée à traduire ces rêveries dans la pratique, et à vraiment vivre les sentiments nouveaux.

Puis Ermeline se rappela, comme si elle y eût trouvé une première confirmation de cet avertissement prophétique, les charmants tableaux de la vie indépendante et saine qu'elle menait à cette époque. Les familles bourgeoises, qui délivraient leurs nouveau-nés du supplice de l'emmaillotement, affranchissaient volontiers leurs filles de la tyrannie des conventions. Elles n'enfermaient pas leur innocence, qui n'ignorait point, et qui, plus robuste, toujours intacte, se hâlait pour ainsi dire au grand air sans se flétrir ni perdre sa fleur. Ermeline, de même que ses jeunes compagnes, était libre de sortir seule. Cette liberté les exposait à des aventures et à des tentations, et leur cœur inexpérimenté sentait trop vivement pour se contenir toujours ; mais contre le danger qu'elles affrontaient sans crainte, elles étaient défendues par une honnêteté native, transmise de mère en fille depuis des siècles ainsi qu'une noblesse qui se transmettrait par les femmes, et devenue invincible comme une habitude, infaillible comme un instinct...

On parlait dans ma famille, avec une juste fierté, de deux grands-oncles qui jouirent en leur temps de la plus aimable renommée, et qui ne sont pas tout à fait tombés dans l'oubli. Ils s'appelaient Redouté. L'un était le célèbre peintre des roses ; l'autre, plus modeste, était peintre naturaliste et, à ce titre, suivit Bonaparte en Égypte.

Je n'ose esquisser leurs caractères, bien que j'aie leurs portraits devant les yeux et que je possède leurs papiers. Le naturaliste surtout avait la manie d'écrire. Usant, tantôt d'une cursive parfaite et tantôt des lettres d'imprimerie, il écrivait son journal, ses comptes, sa généalogie jusqu'aux croisades, son voyage d'Égypte, et des notes pour servir, non pas à sa biographie, mais plus précisément à sa « nécrologie ». Sur ces documents et d'après ce que j'ai ouï dire, j'ai toujours jugé que ces deux artistes étaient des bourgeois finis. Je pense qu'on en jugera de même, à ces traits.

La seule note que je relève pour toute l'année 1793 dans le journal du naturaliste est ainsi conçue :

« Requis en vendémiaire an II pour travailler sur la dissection du rhinocéros, mort à la ménagerie de Versailles, et qui avait été transporté dans l'amphithéâtre du Muséum, il fit dix dessins anatomiques de cet énorme quadrupède. »

Louis XVI écrivit de même sur son carnet, à la date du 14 juillet 1789 : « RIEN ».

Pour le peintre de fleurs, il donna des leçons à l'impératrice Joséphine, et ensuite, naturellement, à l'impératrice Marie-Louise, ce qui ne l'empêchait point d'aller très régulièrement faire des visites à la

Malmaison. Il devint, sous la Restauration, professeur de la duchesse de Berri, et après 1830 il enseigna les enfants de Louis-Philippe. Je crois pouvoir inférer de là qu'il avait, en politique, des opinions parfaitement bourgeoises ; car il était inconstant et fidèle, respectueux de l'autorité, frondeur et, sous tous les régimes, l'ami indépendant du pouvoir, dans l'opposition.

Il était aussi un peu bohème, dans la mesure où les convenances de son métier l'y obligeaient ; mais je le soupçonne d'avoir été un bohème fort rangé. Il faisait plus de prodigalités que d'économies ; mais je pense qu'il devait les faire avec méthode. J'en ai pour preuve ce bon mot que lui dit un jour Madame Adélaïde et que l'on citait à la maison avec attendrissement :

— Monsieur Redouté, il paraît que vous avez beaucoup *placé* chez Chevet.

A rebours de ce que croient les snobs et les faux artistes, les familles bourgeoises offrent à l'observateur bien plus de pittoresque et d'agrément que les familles nobles. C'est qu'elles sont plus diverses d'origine, et par suite plus... L'épithète nous manque. Les anciens Grecs en avaient une charmante pour exprimer ce que j'ai sur le bout de la langue ; mais, pour rien au monde, je ne citerais du grec : je veux éviter autant que possible de me faire embrasser par Philaminte. Le mot correspond à peu près au français *diapré*. Les familles bourgeoises sont plus diaprées que les nobles.

Tous les gens titrés sont à tel point du même clan qu'ils se mésallient dès qu'ils n'épousent pas une amie d'enfance. C'est pourquoi l'on se tutoie bien davantage entre époux dans le faubourg Saint-Germain que ne l'imagine le faubourg Saint-Honoré, et surtout le faubourg Poissonnière ; tandis qu'un jeune bourgeois et une jeune bourgeoise peuvent provenir de points diamétralement opposés, et contracter néanmoins ensemble des unions assorties.

J'ai une mémoire très précise de mes deux grands-pères, le paternel et le maternel ; et je ne remarque pas aujourd'hui, j'avais remarqué dès mon enfance leur différence de style, qui ne les empêchait pas d'être l'un et l'autre deux types accomplis de bourgeois. Mais l'un avait mieux gardé la tradition de l'Empire, et l'autre était pur Louis-Philippe ; aussi le coup d'État l'avait-il ruiné, sans d'ailleurs profiter à mon grand-père paternel, qui n'était point de ces hommes marqués par le destin pour faire fortune.

Il était employé, petit bourgeois ; mon aïeul maternel était grand bourgeois et haut fonctionnaire ; moins libéral, tenant Voltaire pour un malfaiteur et assagi par la bonne leçon de la Terreur blanche, mais un peu assaisonné de romantisme par procuration, à cause d'un de ses parents proches que George Sand avait tutoyé, et qui fut, à l'aube du siècle, l'un des pionniers, si l'on ose ainsi s'exprimer, de l'hydrothérapie.

Mes deux grands-pères avaient cependant des ressemblances fort significatives : ils étaient rasés, et exactement contemporains, étant nés tous les deux en 1795. Je pressentais obscurément, mais c'est la Commune qui m'a fait comprendre, que ces deux êtres étaient en effet de la même race, qu'ils avaient la même âme, la même âme bourgeoise. Les bourgeois donnent leur mesure dans les discordes civiles, dont ils ont le goût, peut-être pervers, et qui semblent être indispensables à leur santé. Ils ont la même attitude d'un côté de la barricade et de l'autre : ils tiennent.

Mes parents avaient vécu cloîtrés, mais dans leur appartement de Paris, jusqu'aux derniers jours de la Commune. Notre présence fut signalée, nous dûmes nous évader et nous réfugier dans la banlieue. Mes deux aïeuls, priés de nous suivre, refusèrent net ; ils alléguèrent, non sans ironie, qu'ils avaient, depuis trois quarts de siècle, vu un certain nombre de révolutions et d'émeutes et qu'ils ne se faisaient pas de bile pour si peu. Lorsque nous allâmes les voir, au retour, ils venaient seulement de passer quatre ou cinq jours dans leur cave ; ils avaient la meilleure mine du monde et le même visage que le mois dernier. Pourtant je les reconnus à peine, tant ils me semblèrent antiques. Ils appartenaient au passé. Un siècle d'histoire me séparait d'eux.

Il est curieux que mes souvenirs des bourgeois du Second Empire, et même du premier Septennat, soient uniquement des souvenirs de costumes. Toute la bourgeoisie du temps de Napoléon III est pour moi représentée, ou symbolisée par une photographie de Pierre Petit, du format carte de visite. On y voit un couple de jeunes mariés qui se donnent le bras. La femme, toute mignonne, assez jolie, est dans une cage, comme les enfants qui apprennent à marcher ; mais l'osier est drapé de moire antique, garni de volants, de franges et d'espèces de cordons de sonnette. Elle est coiffée d'une toque, qui ne me paraît guère plus laide que les chapeaux cloches d'aujourd'hui. L'homme porte un chapeau de soie très haut de forme à bords très plats et très étroits. Sa cravate longue est noire, bien nouée, et piquée d'un camée de corail pâle. Son pantalon est écossais.

Quant à la présidence du Maréchal, lorsqu'il m'arrive d'y penser, j'imagine aussitôt une femme qui se promène à pied sur le boulevard, en robe à queue et à tablier. Sa *balayeuse*, qui soulève un nuage de poussière, est montée sur des galets.

## CHAPITRE III

# L'ARMATURE

ON frémit de penser qu'il va falloir devenir sérieux, et après ces portraits d'un autre âge qu'à moins d'une improbable érudition tu ne saurais guère taxer de faux, lecteur, te servir une philosophie sociale où tu te flattes d'être compétent.

Au rebours de ce que Descartes a dit, le bon sens n'est point du tout la chose du monde la mieux partagée, et l'on ne se pique, en France du moins, qu'assez médiocrement d'en être pourvu ; chacun s'y croit, en revanche, doué de la faculté de raisonner.

Je note ici une confusion assez commune : ce n'est pas une même chose de faire des raisonnements ou des « considérations ». Tous les hommes sains d'esprit raisonnent de même, au lieu que leurs *points de vue* sont personnels. Il est aussi des hommes peu suspects d'imbécillité, et que la maison de santé ne guette pas, qui n'ont pas du tout de *points de vue*, faute d'imagination.

Voilà le mot qui doit nous rassurer. Tant que l'on fait de l'information ou de l'histoire, on est l'esclave du document. Dès que l'on philosophe, on peut se livrer aux caprices de l'imagination, qui a un autre nom : la fantaisie.

Je me rappelle qu'au lycée nous étions atterrés, mes camarades et moi, quand notre professeur d'histoire nous donnait pour sujet de rédaction : Considérations sur l'état de l'Europe en 1610 ou sur le règne de Louis XV. Nous sentions le sol manquer sous nos pieds, nous ne connaissions pas notre avantage. Ceux qui ne savaient rien, qui n'avaient aucune précision ni aucune solidité, triomphaient dans ces exercices. Ils écrivaient tout ce qui leur passait par la tête. Quel exemple, quel réconfort pour les scrupuleux que leur probité incommode !

Le paradoxe n'est pas défendu. Il est d'un grand secours.

J'en veux avancer un, que je tiens vrai. J'ai ma conscience pour moi.

L'heure est venue de découvrir ce qui se cache sous le masque de la bourgeoisie, en termes plus pompeux de démonter l'armature qui la soutient. Les moralistes l'ont fait si souvent que l'on mériterait le reproche de La Bruyère, de répéter ce qui est dit depuis plusieurs siècles, si l'on n'avait dessein de dire justement le contraire.

C'est un dogme que l'armature de la bourgeoisie est d'argent fin. La cache-t-elle sous soi par avarice, par pudeur ou par un comble de vanité, honteuse d'imiter ces femmes de certains pays d'Orient qui portent leurs sequins en colliers ou en bracelets ? Qu'elle la dissimule ou que même elle l'exhibe, les critiques des mœurs ne diffèrent point d'opinion là-dessus. La Rochefoucauld a dit que « les vertus se perdent dans l'intérêt, comme les fleuves se perdent dans la mer » : ils ne doutent pas que la fin (ou plutôt l'origine) de toutes les vertus et de tous les défauts bourgeois ne soit l'intérêt d'argent. C'est contre ce dogme que j'ose m'inscrire en faux.

On n'essaie point de nier qu'au commencement le cens et la bourgeoisie n'aient été des termes voisins, peut-être inséparables, non pas toutefois synonymes. Un certain avoir était la condition de la bourgeoisie, mais n'était point la bourgeoisie elle-même, et le populaire ne s'y trompait pas ; car entre les divers avantages des bourgeois, celui qu'il trouvait plus enviable n'était pas leur privilège proprement dit, mais les faveurs de la fortune, qui leur permettaient de l'acquérir et de le conserver.

Que dès lors « riche bourgeois » fût un pléonasme et qu'il suffît de dire « bourgeois » tout court, cela est hors de doute. En revanche, le mot « riche » employé seul n'est pas suffisamment déterminé. Il est plusieurs façons d'être riche, et il est une façon bourgeoise. Le bourgeois, par définition, est l'homme qui vit — et qui peut vivre — de ses revenus, à quoi il faut ajouter ses gains. Ceci implique, en deux mots, tout un système financier dont le principe est l'équilibre, ou mieux l'excédant des recettes sur les dépenses, et toute une morale dont la règle essentielle est la probité, dont l'âpreté est l'écueil.

Mais ceci implique également un certain état social ou économique, et si cet état n'est plus, et s'il est encore des bourgeoisies, n'en doit-on pas inférer que l'essence et la définition du bourgeois est ailleurs, enfin qu'elle est plutôt dans l'esprit que dans la matière ?

Sans remonter jusqu'à la nuit des temps, et en ne faisant d'observations que sur le vif d'hier, on a pu surprendre, chez des bourgeois caractérisés, de ces échappées qui n'étaient d'abord que pour le plaisir ou, à leur insu, pour l'exercice, mais qui témoignaient qu'ils pourraient un jour ou l'autre, tout en demeurant bourgeois, sortir utilement de leur caractère, si les circonstances les obligeaient à cette évasion.

La Sagesse des nations, qui est une sotte, s'est peut-être flattée d'une grande découverte quand elle a osé dire que les gens ont les qualités de leurs défauts et réciproquement. C'est la plus banale chose du monde et la moins digne de remarque. Ce qui est piquant est un instinct de contrariété fort commun, secret, qui nous tente, non pas d'exagérer nos vertus jusqu'aux vices ou nos vices jusqu'aux vertus correspondantes, mais de pratiquer les vices ou les vertus que nous n'avons point, et de démentir notre nature : il nous intéresse peu de la forcer.

Si, par exemple, il est naturel aux bourgeois d'être économes ou, tranchons le mot, avares, ils n'imagineront pas de joie plus raffinée que d'être généreux ou prodigues par exception, et même il ne leur déplaira point que l'exception ne soit pas trop rare. L'habitude héréditaire des placements de père de famille leur inspire le goût des placements à fonds perdus et des prêts sans espoir de remboursement. Ils se blaseraient vite de la sécurité, s'ils ne la tempéraient par le risque. Enfin, les plus sévères sur la règle des mœurs se font une fête de saisir les occasions ou les prétextes qui leur permettent, non pas de l'enfreindre, non pas de la tourner, mais de la suspendre pour un temps plus ou moins long.

Je n'ai pas écrit sans dessein qu'ils « se font une fête ». Le caractère des individus (c'est l'idée de Platon, dans *la République*) est une sorte de cité qui a sa constitution et ses lois. On a bien ouï parler des Saturnales (je passe un peu brusquement de la Grèce à Rome, mais c'est toujours le monde antique) ; on sait que, durant ce carnaval, les esclaves portaient les insignes de la liberté, les hommes libres faisaient par jeu des besognes d'esclaves, enfin tous changeaient d'emploi. Les bourgeois raffolent de ces saturnales privées dont leur for intérieur est le théâtre, et à la faveur desquelles chacun des traits essentiels de leur caractère est suppléé momentanément par le trait le plus opposé. Les principaux de ces travestissements sont la curiosité de la dépense, celle de l'aventure et celle du voyage, qui semble jurer terriblement avec leur instinct sédentaire.

Le contraste est même si brutal, si peu nuancé, qu'on l'explique avec apparence par une simple réaction machinale, et de même cet étrange phénomène de gens que l'aventure séduit, justement parce qu'elle leur est en abomination. La curiosité de la dépense mérite une analyse plus subtile.

Notez qu'il ne s'agit pas ici de luxe, que les moyens du bourgeois lui ont toujours permis, plus même qu'aux hommes nés, mais de superflu, et d'un superflu, par hypothèse, secret : il faut donc écarter les mobiles de la montre et de la vanité. On en vient à se demander s'il n'y a pas quelque rapport entre ces fantaisies de superfluité et le préjugé bourgeois de l'équilibre qui n'est pas assuré par la balance mais par l'excédant. On en devrait conclure que nul ne sent mieux que le bourgeois la nécessité du superflu, et je me verrais obligé, cette fois, d'avouer qu'il a le défaut d'une au moins de ses qualités ; mais on m'accordera que ce n'est guère le défaut où l'on s'attendait, car il semble que cette manie héréditaire de mettre en réserve trop d'argent le dût incliner plutôt à thésauriser qu'à jeter ses écus par la fenêtre.

Quant au goût du lointain voyage, il ne fut dans l'origine qu'une velléité intermittente de déplacement, et encore bien plus timide qu'aujourd'hui ; mais c'est qu'il n'y a pas si longtemps, pour contrarier ou pour agacer l'instinct sédentaire, il n'était pas indispensable d'accomplir le tour du monde : il suffisait de faire ce qu'on osait appeler « un voyage » en Normandie ou en Bretagne.

Au cours de ces vacances, les deux principes vraiment fondamentaux de la bourgeoisie, l'économie et la conduite, étaient, si l'on peut dire, rapportés pour un temps plus ou moins long, ou *sine die* en vertu de deux principes exactement contraires, savoir que hors du domicile légal tout devient permis, et qu'il ne faut regarder à aucune dépense, autrement mieux vaudrait demeurer chez soi.

J'ai connu un bourgeois rassis, qui, au repos, épluchait ses comptes chaque soir et se refusait le plus chétif crédit pour ses menus plaisirs ; mais les prix les plus exorbitants ne lui faisaient point peur, dès qu'il avait un caprice pour quelque malle du dernier modèle ou pour une trousse ingénieuse.

Je pourrais bien également citer des traits à peine croyables de dévergondage hors frontières ou hors barrière, mais une pudeur bourgeoise me retient ; d'autant que je n'écris point ceci sur les grands chemins, mais dans mon fauteuil, devant mon bureau et de sang-froid.

Ces divers symptômes, qui trahissaient dès longtemps comme une lutte intestine de la bourgeoisie contre toutes ses raisons d'être, pouvaient naguères amuser les sceptiques ou effrayer les censeurs à courte vue. Maintenant ils nous rassurent, et nous apercevons bien que, si nous subsistons encore dans un monde nouveau dont toute l'ordonnance est à l'envers de notre tempérament, nous le devons sans doute à cette heureuse faculté de nous adapter, en d'autres termes de nous démentir, et de retourner pour ainsi dire la veste de notre bourgeoisie.

Les phénomènes proprement révolutionnaires qui ont bouleversé toute ton économie, lecteur bourgeois, ami lecteur, sont de toi si bien connus et si fréquemment ont troublé ton sommeil, qu'il suffira d'un mot pour te les rappeler. Insister serait oiseux, peut-être cruel.

Le premier coup t'a été porté quand on s'est avisé que la doctrine du bas de laine pouvait n'être point à l'abri de toute critique. Tu as témoigné aussitôt une faculté de généralisation admirable, tu as renoncé par patriotisme à l'épargne, qui, après avoir été l'une des forces de la France, menaçait d'être une de ses faiblesses, et de paralyser son crédit à force de l'assurer. Est-ce ta faute si ton patriotisme s'est trouvé d'accord avec ton intérêt ?

Peut-être aussi as-tu attendu pour philosopher sur l'esprit d'entreprise et pour mettre le risque à la mode que les placements de père de famille fussent devenus des placements de dupe, que le coût de la vie, l'incertitude des revenus et jusqu'à celle des changes t'obligeât de renoncer à l'ancien équilibre de ton budget, de régler les recettes sur les dépenses et non les dépenses sur les recettes, et de faire le plus possible d'argent. Tu n'as point, en t'y résignant, démenti ta sagesse héréditaire, tu l'as seulement assouplie. Que resterait-il cependant de l'armature bourgeoise si elle ne consistait qu'en des règles d'économie que tu as quasi toutes mises à l'envers? Or la bourgeoisie demeure, c'est donc, encore un coup, qu'elle a une autre raison d'être que son entente traditionnelle de l'intérêt.

On ne doutera pas de le dire, dût-on exciter l'étonnement : le principe de la bourgeoisie est le même que celui de la république : selon Montesquieu, c'est la vertu.

*CHAPITRE IV*

# DIALOGUE PHILOSOPHIQUE SUR LE SUJET DE LA VERTU BOURGEOISE

NEWTON l'a dit : on arrive lentement à la connaissance de la vérité, en y pensant toujours ; mais, à moins d'être Newton, on y pense et l'on ne sait pas que l'on y pense : le cheminement de l'esprit est souterrain, la conscience ne pénètre pas si avant, et nous avons le plaisir menteur d'une révélation ou d'une intuition brusque, chaque fois que nous faisons une découverte.

La joie que nous en éprouvons est moins celle du savant que celle de l'enfant, qui invente le monde toutes les cinq minutes, et jusque dans l'âge le plus avancé, elle nous rajeunit.

Si la vérité neuve qui nous frappe soudain la vue heurte un peu les idées communes, si elle a un air de paradoxe, notre joie s'assaisonne d'une fierté mêlée d'un rien d'inquiétude. Nous nous butons à l'opinion qui nous alarme, et nous permet de témoigner à nos propres yeux que nous avons le courage de nos opinions ; mais nous ne serions pas fâchés de nous assurer des alliances. Lorsque je m'avisai tout d'un coup que le principe de la bourgeoisie est la vertu, je ne me dissimulai point que j'étais pour le moment seul de cet avis, et je résolus d'y rallier au moins une autre personne. Je fis part de ma belle trouvaille à mon jeune ami Xavier.

Je me flattais bien, comme j'ai dit plus haut, de l'étonner ; mais l'étonnement, qui ne va jamais sans admiration, a des façons plus respectueuses, et Xavier se contenta de me rire au nez.

Je me piquai, je lui reprochai de n'être pas sérieux.

— C'est vous qui ne l'êtes pas, me dit-il, et c'est moi qui pourrais le prendre mal. Pourquoi me traitez-vous comme un gamin et vous moquez-vous de moi ? Vous n'oseriez point parler de vertu bourgeoise à l'un de vos contemporains. Il ferait ce que je viens de faire non sans raison, et dont cependant je m'excuse : il rirait. Voyons, monsieur, les bourgeois ont tous les vices !

— On le saurait.

— C'est bien ce que je dis, on le sait ; même moi, qui n'ai guère vécu, mais qui ai lu considérablement.

— Et où prenez-vous cela ?

— Chez mes auteurs, notamment chez Flaubert, qui a maintes fois dressé la liste des dépravations bourgeoises : il y comprend de telles monstruosités que je n'oserais vous la citer tout entière ; devant vous, je rougirais.

— Xavier, dis-je, vous me reprochez de vous traiter comme un enfant, et jamais vous ne m'avez mieux témoigné votre enfantillage. Les pires préjugés sont les préjugés à rebours, et celui de la dépravation bourgeoise est un des préjugés-là.

— Réplique facile ! Démontrez donc plutôt qu'à l'endroit ou à l'envers c'est un préjugé.

— Ne vous semble-t-il pas, dis-je, Xavier, que nous mettons la charrue devant les bœufs, et que nous ne saurions décider si nous devons accorder ou refuser la vertu aux bourgeois, sans avoir défini au préalable ce que nous entendons par la vertu ?

— Soit, dit-il ; mais, si nous ne l'avons pas défini d'abord, la faute n'en est pas à moi, puisque c'est vous, comme de coutume, qui conduisez l'entretien.

— O Xavier, dis-je, si la modestie me défend de me comparer au bienheureux Socrate, vous du moins vous m'avez souvent rappelé les disciples éveillés et mièvres par qui ce grand sage se plaisait à se faire agacer. Mais vous n'avez jamais évoqué ce souvenir mieux qu'aujourd'hui. Xavier, aujourd'hui, vous êtes le jeune Ménon, né à Larisse, élève du redoutable Gorgias. Il avait posé à Socrate cette question : « La vertu peut-elle ou non être enseignée ? » Socrate lui dit tout d'un coup : « Comme l'on voit bien, ô Ménon, que tu es beau et que l'on t'aime encore ! — Pourquoi me dis-tu cela ? fit le jeune sophiste surpris. — C'est, repartit Socrate, qu'à l'exemple de ceux qui sont aimés, tu raisonnes avec une mauvaise foi admirable, et que tu sais à merveille l'art de détourner la conversation. »

— Monsieur, dit Xavier, j'avoue que ces trois répliques sont ravissantes, et que l'on ne saurait plus joliment envelopper une critique dans un compliment. Je ne déciderai pas moi-même si je mérite le compliment, mais encore une fois c'est contre vous que la critique se retourne, car si nous cheminons de travers, celui qui me mène par la main en est seul coupable.

Je repris :

— « O Ménon, dit Socrate, ne crois-tu pas qu'avant d'examiner si la vertu peut être enseignée, nous ferions bien de définir la vertu ? » O Xavier, ne le croyez-vous pas aussi ?

— Oui, je le crois !

— Eh bien, je vous écoute.

— Monsieur, dit Xavier, je sens bien que c'est à moi de trouver la définition, puisque, selon notre ordinaire, c'est vous qui interrogez ; mais il me semble que nous allons perdre bien du temps, au lieu que nous en gagnerions si vous aviez la bonté de me révéler sans plus attendre la définition de la vertu que trouvent Ménon et Socrate au terme de leur entretien.

— Ah ! dis-je, c'est qu'ils en trouvent plusieurs dont pas une ne les satisfait, et ils se séparent sans avoir rien décidé ; ou plutôt ils renoncent à leur vaine recherche bien avant de se séparer, et Socrate se résigne de guerre lasse à examiner, comme le lui demandait Ménon, si la vertu peut être enseignée, sans savoir au juste ce que c'est que la vertu.

— Pourquoi, dit Xavier, ne suivons-nous pas un si vénérable exemple? Est-il, après tout, nécessaire de savoir ce que c'est que la vertu pour examiner si elle est ou si elle n'est point l'apanage de la bourgeoisie?

Comme il me voyait hésiter, il me dit avec sa pétulance coutumière :

— Parbleu ! j'ai une idée! Vous avez cité l'*Esprit des lois*. Vous m'avez dit que le principe de la bourgeoisie est celui même de la république, « selon Montesquieu ». J'imagine que Montesquieu ne se contente pas de poser ce principe, et qu'il le définit.

— Hélas ! dis-je, pas beaucoup mieux que Platon ; et je vous avoue que, de sa part, cette légèreté m'étonne.

— Moi aussi, dit Xavier.

— Il déclare « qu'il ne faut pas beaucoup de probité pour qu'un gouvernement monarchique ou un gouvernement despotique se maintiennent ou se soutiennent » ; et comme il ajoute que « dans un état populaire il faut un ressort de plus, qui est la vertu », on en pourrait inférer que vertu et probité sont à ses yeux une seule et même chose ; mais cela ne nous satisfait guère, et il continue durant de longues pages à nous parler de la vertu superflue ou indispensable, sans nous donner plus de précisions. Nous recouvrons un peu d'espoir au chapitre deuxième du livre V, intitulé : « Ce que c'est que la vertu dans l'état politique » ; mais la phrase par où ce chapitre débute nous remet aussitôt en méfiance. « La vertu, dans une république, est, dit-il, une chose très simple ». En thèse générale, quand on dit qu'une chose est très simple, c'est que l'on s'en fait une idée ou très sommaire ou très vague.

« Mais poursuivons notre citation (j'avais le livre sous la main). « ... C'est une chose très simple, c'est l'amour de la république. C'est un sentiment, et non une suite de connaissances ; le dernier homme de l'État peut avoir ce sentiment, comme le premier... L'amour de la patrie conduit à la bonté des mœurs, et la bonté des mœurs mène à l'amour de la patrie. »

— Arrêtons-nous, monsieur, dit Xavier. Nous ne pouvons pas tourner éternellement dans le même cercle... Mais savez-vous de quoi je m'avise, tout d'un coup ? Si la définition de la vertu nous embarrasse, après Montesquieu et Platon, c'est bien notre faute et nous ne l'avons pas volé.

— Pourquoi ?

— Nous nous acharnons à définir la Vertu avec un grand V, nous avons la manie des idoles métaphysiques ! La Vertu dont le nom commence par une majuscule n'est rien et ne signifie rien : il y a des vertus particulières, si connues que nous les définirions sans peine ou que nous ne prendrions même pas la peine de les définir. Je me permets de vous faire observer que moi, je ne vous ai pas parlé tout à l'heure du Vice de la bourgeoisie, mais de ses vices. Je vous ai répété, en me fondant sur l'autorité des meilleurs auteurs, qu'elle les a tous.

— Platon, dis-je, ne mérite pas le reproche que vous lui faites. Dans le dialogue auquel j'ai fait tout à l'heure allusion, le jeune Ménon et Socrate énumèrent les vertus diverses. Ils recherchent seulement si elles n'ont pas toutes un caractère commun, par où elles méritent ce nom commun de vertu. Mais nous y reviendrons plus tard. A votre tour, énumérez-moi donc tous ces vices dont il vous plaît de prétendre que la bourgeoisie est pourvue.

— Monsieur, je vous ai déjà dit qu'il en est de si horribles que j'aurais la pudeur de les nommer.

— Bon, je n'offenserai point votre modestie, et si malaisé qu'il soit de raisonner à demi-mot, je ne mettrai pas trop les points sur les *i*... Laissez-moi vous poser une question. Vous êtes bourgeois ?

— J'en conviens, quoique j'aie une particule.

— Avez-vous tous ces vices que vous n'osez même point nommer par leurs noms ?

— Monsieur, je ne suis pas sans péché.

— Cela serait inhumain, mais entre les deux, avoir tous les vices et n'être point sans péché, vous conviendrez qu'il y a une nuance. N'êtes-vous pas aussi de ceux qui disent, non sans coquetterie : « Je ne sais pas ce que peut être la conscience d'une canaille, mais je sais ce qu'est la conscience d'un honnête homme, c'est effrayant » ?

Il me repartit en souriant que « ce serait assez son genre ».

— Xavier, dis-je, ne serait-ce point aussi le genre d'un bon nombre de vos amis ?

— De presque tous !

— Qui sont bourgeois comme vous d'origine, sinon de doctrine et de goût ?

— Oui.

— Bon ! Je prends acte de votre aveu, pour une certaine statistique que je me propose d'établir plus tard.

Revenons aux vices de la bourgeoisie. Votre délicatesse ne me permet pas de les nommer tous ; il en est pourtant quelques-uns dont, grâce à leur banalité même, on peut parler avec décence, et ce sont par bonheur les plus essentiels.

— Je serais curieux...

— Écoutez-moi. N'est-ce pas présentement un article de foi, pour les moralistes à la petite semaine, que toutes les familles bourgeoises sont de véritables familles d'Atrides ?

— Monsieur, on exagère peut-être, mais on le dit.

— Ne rit-on pas de La Rochefoucauld parce qu'il a osé écrire *Il y a de bons mariages, mais il n'y en a pas de délicieux* ?

Xavier fit un haussement d'épaule.

— Et, dis-je, que lui répondent les censeurs amers de la bourgeoisie ?

— Qu'il n'y en a pas plus de bons que de délicieux et qu'il y a seulement des ménages à trois.

— Je ne vous le fais pas dire... Je sais une exception à cette règle universelle.

— Vous seriez bien aimable de m'en faire part.

— Mais, cher Xavier, c'est le ménage bon et délicieux, le ménage modèle de vos parents.

— Comment le savez-vous, puisque vous n'avez pas eu l'honneur de les connaître ?

— M'est-il interdit de deviner ?

— Vous devinez juste !

Il ajouta, en riant :

— C'était bien un ménage de trois personnes : ma mère, mon père et moi, leur fils unique.

— Trop de ménages dans la bourgeoisie sont ménages à trois de cette sorte, c'est bien un des vices de notre caste ; hélas ! celui-là n'est point imaginaire, et il est alarmant. Je ne veux pas même plaider les circonstances atténuantes, j'avoue que la crainte de la dépense et l'amour du divertissement sont les principales causes pourquoi les couples de la bourgeoisie réduisent à l'unité le chiffre de leur progéniture ; je me demande cependant s'il n'y a point là aussi une dépravation fâcheuse, mais honorable, de la sensibilité, et si les pères et les mères ne souhaitent pas à leur insu d'avoir un enfant unique pour le chérir plus absolument. Vous chercheriez en vain trace de ce sentiment dans les familles d'Atrides.

— Monsieur, dit Xavier, il est vrai que mon père et ma mère m'adoraient. Je ne le méritais guère.

— Si... Madame votre mère, quoique bourgeoise, était ornée de toutes les vertus. Je vous le dis, cette fois je ne vous interroge pas ; car j'imagine que, si je vous posais une pareille question, vous me dévisageriez. On attache moins d'importance à la vertu conjugale des hommes ; je gagerais pourtant que votre père...

— Monsieur, interrompit Xavier, je sais bien que, selon les idées courantes, cela est presque ridicule ; mais je mettrais ma main au feu qu'en plus de vingt-cinq années d'une parfaite union, mon père n'a jamais fait à ma mère une seule infidélité.

— Si je posais à l'un de vos amis, ou à n'importe quel jeune homme de votre classe et de votre milieu, les deux questions que je viens plus ou moins franchement de vous poser, que croyez-vous qu'il me répondrait ?

— La même chose que moi, dit Xavier en souriant.

— N'est-ce point bizarre ? Tous les bourgeois sont naïvement persuadés qu'il n'est que des familles d'Atrides, des ménages détestables, des épouses légères et des maris qui font la fête ; mais chacun, sans exception et de la meilleure foi du monde, excepte sa propre famille et ses parents ; de sorte que le pour et le contre obtiennent ensemble l'unanimité. Je ne veux point abuser de cette antinomie, ni en tirer des conclusions d'un optimisme téméraire ; mais je ne m'étonne plus que les étrangers qui nous visitent écrivent sur leurs tablettes : « Qu'est-ce que les Français nous racontent donc de leur bourgeoisie ? Jamais elle n'a été plus laborieuse ni plus honnête. Le lien de la famille n'a jamais été si souple ni si fort, et il y a une excellente moyenne de ménages à deux ».

— Monsieur, dit Xavier, prenez garde, vous allez me servir un cliché. Vous allez me répéter, après tant d'autres, que les Français n'entendent rien à la propagande et qu'ils ont la manie de se dénigrer eux-mêmes.

— Eh ! que m'importe qu'on l'ait dit avant moi, si cela est vrai ? Dois-je mentir pour être original coûte que coûte ? Je ne crois déjà guère au proverbe qui prétend que toute vérité n'est pas bonne à dire, mais je tiens que toute vérité déjà dite est bonne à répéter. Vous ne semblez pas avoir une opinion invariable sur les clichés : vous ne redoutez pas ceux qui sont extravagants et vous me l'avez bien montré tout à l'heure ; mais vous me défendez ceux qui sont raisonnables. Au surplus, je n'accepte point sans réserve celui qui vous chagrine, et je ne vois pas que tous les Français soient si acharnés contre eux-mêmes, singulièrement contre leur bourgeoisie. N'accusez de ce travers que les artistes et les gens de lettres. Encore ne dénigrent-ils pas à proprement parler la classe bourgeoise (qui est leur classe d'origine) ; mais les vertus tout unies, ainsi que les amours sans péripéties ni sans accidents, sont de mauvais sujets de romans ou de pièces ; aussi la bourgeoisie ne les intéresse-t-elle point, voilà tout ; elle est à leurs yeux comme si elle n'était pas... Le malentendu, tout récent, des artistes et des bourgeois a peut-être encore une autre cause.

— Ah ! fit Xavier. Laquelle ? Dites-la-moi !

— Xavier, dis-je, il ne faut pas m'en vouloir ; mais pour la commodité de l'entretien dont vous m'aviez laissé la conduite, je vous ai un peu menti, du moins par omission. Je ne vous ai cité de Montesquieu que les définitions de la vertu qui ne pouvaient nous éclairer ni nous satisfaire ; et je n'ai pas attiré votre attention sur un mot significatif qui se rencontre plusieurs fois dans son texte, au contraire je l'en ai malicieusement détournée. C'est le mot « mesure ». Il me paraît bien que, pour l'auteur de l'*Esprit des lois*, la Vertu politique était l'équivalent de la mesure, comme, pour les anciens Grecs, toute vertu, aussi bien privée que politique, n'était que mesure et harmonie. Or, mon cher Xavier, si comme Socrate et le jeune Ménon cherchaient le trait commun par où les diverses et chatoyantes vertus participent de l'idée de Vertu et méritent d'en assumer l'éponyme, si, dis-je, nous cherchons le trait commun des vertus bourgeoises, nous trouverons sans doute la mesure, l'ordre, l'équilibre et toutes les formes de la probité.

— Monsieur, interrompit Xavier, vous ne vous attendez pas que je fasse fi de la probité ; mais, enfin, ce n'est que l'orthographe.

— Vous ne pouviez dire mieux, mon cher enfant, qu'il n'est plus rien de si rare.

Il poursuivit :

— Quant à la mesure, vous n'en parleriez pas si pieusement, si vous lui donniez les noms moins flateurs de *juste milieu* ou de *médiocrité.*

— *Juste milieu*, dis-je, est un faux synonyme de mesure, et vous ne me prendrez jamais, par exemple, à faire l'éloge des opinions « juste milieu ». Seules, les opinions extrêmes m'intéressent et le juste milieu n'est qu'une résultante, pour ainsi dire impersonnelle, de leur conflit. Pour la médiocrité, elle n'est méprisable que dans un certain sens péjoratif de notre invention. Horace, qui ne connaissait pas cette nuance, ne souhaitait rien de plus qu'une médiocrité dorée. Si elle n'est qu'un autre nom de la mesure, elle a droit aux mêmes égards et au même culte que la mesure ; mais les romantiques ont retourné les termes de ce petit problème grammatical ; ils tiennent que c'est la mesure qui est un autre nom de la médiocrité, et ils l'accablent en conséquence du même dédain. C'est l'origine de tout le malentendu. Les ennemis, peu cultivés, de l'art classique, l'ont jugé, de bonne foi sans doute, mais de seconde main, d'après le dire des professeurs, et ils ont confondu le classique avec le scolaire. Ils se figurent que les Anciens ne mettaient, ni en esthétique ni en morale, rien au-dessus d'une timide et froide correction. C'est tout le contraire.

S'ils avaient lu le divin dialogue de *Phèdre*, ils sauraient que Socrate n'épargnait point les moqueries aux poètes consciencieux et compassés, et qu'il préférait hautement, à la poésie des sages, celle des fous que les dieux inspirent. Les Jeune-France de 1830 n'étaient donc pas si loin de Socrate qu'ils l'eussent probablement souhaité ; ils ne faisaient qu'un peu de surenchère, comme disent les politiques d'à présent. « Désordre et génie » était leur devise. « Ordre et génie » était la devise de Socrate.

— Il y a encore une nuance, dit Xavier.

— Plutôt ! dis-je. Les Anciens ne badinaient pas avec l'harmonie, et nous savons par Eschyle qu'ils voulaient « de la mesure jusque parmi les dieux ».

— Monsieur, dit Xavier non sans malice, redescendons du ciel et revenons à nos bourgeois.

— Ne trouvez-vous pas, dis-je, que je les ai assez réhabilités en les comparant aux dieux immortels ?

— Vous êtes un niveleur, vous faites l'égalité par en bas. Ce n'est pas les bourgeois que vous comparez aux dieux, c'est les dieux que vous comparez aux bourgeois : ni les uns ni les autres n'y gagnent ; mais votre comparaison est plus juste que vous ne croyez, et elle va contre l'intérêt de votre thèse. Les dieux du paganisme n'ont jamais été des exemplaires de vertu. Leur morale n'était pas bourgeoise au sens où vous l'entendez ; elle était précisément bourgeoise au sens où moi je l'entends.

— Xavier, vous avez peu vécu : je crains que vous ne connaissiez la bourgeoisie par les livres.

— Monsieur, avec tout le respect que je vous dois, c'est vous qui ne pouvez guère plus la connaître que par ouï-dire. Vous avez passé l'âge de danser ; moi, je danse tous les soirs et souvent l'après-midi... Je vous supplie de me comprendre à demi-mot.

— Je vous comprends très bien, à telles enseignes que je ne vous ferai pas attendre ma réponse et ne vous donnerai pas l'embarras de vous expliquer plus crûment. Vous êtes jeune et je suis au bord de la vieillesse : vous pouvez encore être dupe, mais moi je ne le suis point, d'un certain affranchissement de la bourgeoisie, de certaines libertés d'allures, et, s'il faut hasarder ce mot, de certaines « excentricités », selon moi tout apparentes. Elles me font hausser les épaules, elles ne parviennent pas à me scandaliser ni à m'effrayer. Qu'on les attribue au snobisme ou à une réaction passagère et sans péril contre la gêne de la vertu, peu importe. Je crois que le fond de bourgeoisie reste le même, et qu'il y aurait moins de cynisme s'il y avait plus de véritable dépravation.

— Prenez garde que, si vous innocentez les bourgeois sur l'excuse de leur cynisme, vous condamnez implicitement ceux qui sont hypocrites, et c'est encore le plus grand nombre. A moins qu'il ne vous prenne fantaisie de plaider aussi pour eux et que vous ne soyez d'humeur à faire l'éloge de l'hypocrisie.

— Je ne me lancerai pas dans un si scabreux paradoxe. Je ne serais pourtant pas le premier qu'il eût tenté. Vous m'accorderez que La Rochefoucauld l'a esquissé en deux lignes quand il a écrit : « L'hypocrisie est un hommage que le vice rend à la vertu ». Mais je reproche justement à La Rochefoucauld d'avoir sacrifié la propriété d'expression au désir de faire une maxime brillante, et d'avoir nommé hypocrisie une pudeur souvent désintéressée, toujours méritoire du point de vue social, un souci de bonne tenue et de décence.

— J'admire votre façon de présenter les choses pour les besoins de votre apologie !

— Je vous jure que je ne plaisante pas... Mais lorsque l'on critique un écrivain sur la propriété d'un mot, c'est bien le moins qu'on lui en suggère un autre pour le mettre à la place ; et ceci me fait aviser que l'autre mot est dans l'*Esprit des lois*.

— Bah ?

— Oui. Je vous ai dit que la vertu, qui selon Montesquieu est le principe de la république, est, selon moi, le principe de la bourgeoisie. Ce qu'il vous plaît, à La Rochefoucauld et à vous, d'appeler hypocrisie, n'est autre chose qu'un sentiment très rigoureux de l'honneur, que Montesquieu croit devoir réserver aux états monarchiques ; et je me demande si la bourgeoisie ne cumule pas les deux principes, celui du gouvernement monarchique et celui du républicain, l'honneur et la vertu.

— Monsieur, à mon tour vous m'y faites songer ! Le principe du gouvernement despotique, selon Montesquieu, n'est-il point la peur ?

— Oui.

— Ne pensez-vous pas que la bourgeoisie cumule les principes des trois gouvernements, et que dans les occasions la peur lui tient lieu d'honneur ou de vertu ?

— Xavier, je pense... je pense que vous avez trop d'esprit.

*CHAPITRE V*

# LA BOURGEOISIE ET L'INTELLIGENCE

MALGRÉ les plaisanteries de peintres et les définitions d'atelier, il demeure acquis que la bourgeoisie, en France du moins, est la gardienne de l'intelligence.

On n'essaiera point, fût-ce pour échapper les railleries des bohèmes, de nier qu'elle est une gardienne tyrannique, et qu'elle donne son pli même aux arts, quand elle se passe le luxe de les pratiquer. Mais, hors elle, qui les pratiquerait ? Et un certain style bourgeois ne vaut-il pas mieux que le néant ? Il ne paraîtra point méprisable, si l'on veut bien considérer qu'il a trouvé sa plus haute expression chez MONSIEUR Ingres et chez MONSIEUR Degas.

Je ne puis songer à la célèbre formule *Le dessin est la probité de l'art*, qui évidemment est du dernier bourgeois, sans me dire que, si j'étais peintre, je voudrais être bourgeois jusque dans la moelle de mes os. Ne regrettons rien : il y a aussi un honnête dessin et une probité de l'art dans la littérature.

Pour les idées, on ne fait pas non plus difficulté de

reconnaître que l'esprit bourgeois les ajuste à ses cadres, que la bourgeoisie, en d'autres termes, est, comme l'eût dit Aristote, une « catégorie ». Et il est clair que la catégorie du bourgeois ne saurait prétendre à rivaliser avec la catégorie du divin ; mais l'intelligence, qui a un grand besoin de solidité, peut toujours se fier sur la première et fera bien de n'user de la seconde qu'avec circonspection.

C'est une injustice et une sottise d'attribuer à la bourgeoisie une sorte de bassesse native qui fait qu'elle ravale tout ce qu'elle touche ; et elle n'a précisément montré nulle part, mieux que dans les choses de l'intelligence, sa qualité.

Économe, elle n'est pas si intéressée que les prodigues. L'épithète de « libéral » jure avec tout autre nom que celui de « bourgeois ». Si les humanités ressuscitent, n'est-ce pas grâce aux bourgeois ? Et s'il n'était point de bourgeois, trouverait-on encore des naïfs qui préfèrent d'être professeurs dans les collèges moyennant des gages de famine, plutôt que balayeurs dans les mêmes endroits et grassement payés ?

Les professions dites libérales, qui ne nourrissent plus leur homme, n'ont point pour si peu perdu leur prestige aux yeux de la bourgeoisie. Elle tiendrait une déchéance sans remède d'y renoncer définitivement : pour la noblesse, la déchéance est d'y accéder. Il est curieux que les nobles, quand la dureté des temps les obligea d'augmenter un peu leurs ressources par un semblant de travail, ne mirent aucune profession libérale sur la liste de celles qui ne dérogeaient pas. Il y eut des gentilshommes verriers, point d'architectes ni d'avocats ; et aujourd'hui encore, si la dernière des douairières apprend que Monsieur le comte, son petit-fils, s'est fait inscrire au barreau, elle soupire :

— En quel siècle vivons-nous ?

Madame, au XXe siècle. Mais consolez-vous ; de tout temps, la noblesse n'a été que noble, au lieu que la bourgeoisie est *ingénue*. Aucune personne initiée au sens propre des mots ni capable d'apprécier les valeurs n'hésitera entre l'ingénuité et la noblesse. Le doute n'était déjà point permis il y a environ cent cinquante ans, lorsqu'un grand seigneur mal bâti, se comparant à un beau laquais, disait :

— Voilà comme nous les faisons et voici comme ils nous font.

Mais ce mot n'a presque plus de sens, maintenant que les grands seigneurs ne se font plus faire par leurs domestiques : ils se font eux-mêmes, comme les richards Américains.

J'ai connu, au temps de mon enfance, un bon bourgeois, aussi modeste que digne, qui ne pouvait point se mettre en tête que ses fils (on avait encore plusieurs fils en ce temps-là) fussent autre chose que des artistes. Il eût accepté à la rigueur (mais d'un cœur ulcéré) que sa descendance réussît dans les carrières libérales. Il les tenait un pis-aller honorable.

Il disait seulement *Mes fils seront de grands artistes*, au lieu de dire « artistes » tout court, et c'est par là peut-être qu'il trahissait le bourgeois de son esprit, au sens narquois du mot.

Il ne faudrait point qu'une partialité, d'ailleurs excusable, à l'égard des bourgeois, nous fît trop embellir la vérité. Sensibles de tout temps aux attraits de l'intelligence, amoureux d'elle, mais presque sans espoir et comme à regret, ils n'ont pu vaincre d'abord les méfiances de leur modestie, ni ranger parmi les possibilités bourgeoises le choix d'une carrière purement intellectuelle. Pour en arriver là, et pour s'apprivoiser avec la Chimère (qui leur a toujours semblé être le plus grand péché), ils ont passé par trois stades.

Un romantique attardé nous est venu conter qu'au baptême des petits bourgeois, les cloches sonnent sur l'air *Orléans, Beaugency* :

*Ils seront*
*Menton rasé, ventre rond,*
*Notaires,*
*Notaires.*

C'est un carillon que même les sexagénaires d'aujourd'hui n'ont pas entendu ; et de leur temps, le jeune bourgeois qui avouait à son père une vocation d'artiste ou d'homme de lettres, voire de savant, ne recevait déjà plus la réponse implacable :

— Jamais !

Dès lors, le père le plus entiché de bourgeoisie et le plus pourri de préjugés disait à son fils, avec des précautions oratoires :

— Je ne contrarierai pas ta vocation ; mais tu auras un métier de secours.

Et le prédestiné commençait par entrer dans un ministère. C'était le second stade (*Jamais* étant le premier).

Le père dit lui-même, à présent :

— Pourquoi un métier de secours ?

Et il demeure d'accord, l'ayant ouï dire, que ces métiers de paresseux sont les plus rémunérateurs, du moins « quand on sait y faire » (car les pères parlent argot).

C'est le troisième stade. Sans nier le progrès, on doute qu'il soit heureux et exempt de périls. Le prêtre doit vivre de l'autel, soit ! Mais à condition qu'il vive de peu. S'il en veut trop bien vivre, on peut craindre qu'il ne mette le bois sacré en coupe réglée.

MIRAKION « saura y faire » : il a donné des preuves de ce savoir-faire dès son âge le plus tendre, et il a connu les moyens de parvenir bien avant les principes de la raison. La famille de Mirakion est, en vérité, une belle famille ; car il a une sœur, PARTHÉNICE, qui sait y faire tout aussi bien que lui. Le père, la mère de Parthénice, de Mirakion sont dociles comme de bons parents du siècle. Ils subissent de bonne humeur l'éducation en retour qu'il est maintenant de règle que les jeunes donnent à leurs auteurs. Ils ne laissent perdre ni les leçons ni les exemples ; on peut espérer qu'ils ne mourront pas sans avoir montré qu'ils savent également y faire, et qu'ils sont au bout du compte dignes de leur postérité.

Quand Mirakion n'avait encore que sept ans et rêvait, selon un antique usage, d'être général ou chauffeur, sa mère souhaitait qu'il entrât à l'École Polytechnique. Il ne marquait aucune disposition pour les sciences exactes ; mais le cœur des mères est au-dessus de cela. Dix ans plus tard, elle formait toujours le même vœu téméraire : pour avoir la paix, Mirakion lui apporta un beau matin un mince volume de sa façon qu'il avait fait éditer à compte d'auteur en sacrifiant toutes ses économies ; mais il ne croyait point du tout avoir fait un sacrifice, il croyait plutôt avoir fait un bon placement. L'éditeur, prié à déjeuner, assura sérieusement à cette mère inquiète, fort peu inquiète, que son fils avait du génie. Elle ne demandait qu'à le croire. Le père, plus circonspect, désirait avant tout connaître avec précision la valeur intrinsèque du livre.

— Monsieur, dit l'éditeur, ce n'est pas une œuvre de début, c'est un chef-d'œuvre de début.

— Ah ! fit le père, accablé de contentement.

— L'enfant sublime ! murmura l'éditeur en souriant.

Et il posa son index sur son propre front, pour faire entendre qu'il y avait quelque chose derrière celui de Mirakion.

— Quand je pense, dit la mère, qu'il se destinait à Polytechnique !

— Il l'a échappé belle ! dit l'éditeur. Mais j'étais là. Il gagnera cent fois plus d'argent à écrire des livres qu'à construire des ponts.

— Mais, dit naïvement le père, ne devrait-il pas d'abord apprendre à les écrire ? N'est-ce pas un métier ?

L'éditeur repartit au père que la culture et l'étude sont les pires ennemis du génie, et qu'au surplus Mirakion fabriquait déjà l'article de bazar mieux que pas un maître.

— S'il en produit trop, dit le père, n'indisposera-t-il pas les critiques et ne rebutera-t-il point la postérité ?

Mirakion éclata de rire, et ne craignit pas d'exprimer par une locution brève et grossière le peu de cas qu'il faisait des juges contemporains, ainsi que de nos arrière-neveux. L'éditeur, moins mal embouché, promit que, par la publicité, on aurait facilement raison de la critique. Mirakion répéta qu'il se moquait de la postérité et qu'il s'accommoderait toujours de succès momentanés, pourvu qu'ils fussent instantanés et foudroyants.

Sur ces entrefaites, Parthénice, âgée de quinze ans, présenta en rougissant à l'éditeur le manuscrit d'un ouvrage qu'elle venait d'achever, sur la vie secrète d'une fameuse courtisane.

— C'est plein de psychanalyse, dit-elle avec modestie.

— Tu ne m'as pas chipé mon sujet ? s'écria la mère, qui avait elle-même entrepris une biographie de cette sorte.

Mais, grâce à Dieu, il y a eu assez de courtisanes depuis la création du monde pour que les mères et les filles ne soient pas réduites à se les disputer.

Lorsque ces deux dames furent remises d'une alarme si chaude, le père de Mirakion et de Parthénice dit à l'éditeur :

— Monsieur, moi aussi j'ai souvent des velléités d'écrire. J'ai fait, au cours de ma carrière déjà longue, des opérations de bourse fort aventureuses. Si je rédigeais mes mémoires à mes moments perdus ? La lecture en serait attrayante, instructive, exemplaire. Ce serait, en tout cas, un succès de librairie certain. Dites un mot, et je me mets au travail dès ce soir. Ne pensez-vous pas qu'il serait intéressant pour vous de prendre toute la famille à forfait ?

Les moralistes sont assez généralement d'accord que pas une créature humaine ne pourrait vivre sans une discipline, et les penseurs ajoutent que pas une non plus ne pourrait vivre si elle ne possédait (au besoin à son insu) un système rudimentaire mais complet de philosophie.

La majorité (qui a toujours tort) croit que la discipline, pour être bonne, doit être conforme ou à peu près à la morale dite éternelle, hors laquelle il n'est point de salut ; et elle refuse de croire, malgré l'autorité de Pascal, que la vérité soit différente au delà et en deçà des Pyrénées. Certains esprits téméraires, et peut-être subversifs, estiment à rebours que la forme seule d'une discipline importe, et la matière point ; en d'autres termes, que les règles les plus contradictoires se valent et sont également utiles quoi qu'elles prescrivent, pourvu qu'elles soient des règles.

Ce paradoxe plaît peu à la majorité ; mais elle n'est pas si chatouilleuse sur la raison pure que sur la raison pratique, elle ne se rebrousse pas si on lui dit que le système du monde indispensable à tout être humain pour vivre peut sans inconvénient n'avoir pas le sens commun et que cela est fort heureux ; car si l'espèce humaine avait dû attendre, pour exister, de savoir la vérité sur toutes choses, il y a beau temps qu'elle aurait disparu de la terre. Il est indifférent qu'elle ait des clartés ou des obscurités de tout, l'essentiel est qu'elle ait réponse à tout.

C'est justement là ce qui fait la solidité de la bourgeoisie. On répète qu'elle est une *catégorie* et qu'elle déforme pour les ajuster aux cadres de son esprit toutes les conceptions ou philosophiques ou morales.

Après les avoir ainsi réduites à sa mesure et à sa capacité, il lui est aisé de les digérer, de les assimiler et de les ordonner en discipline et en système. Nulle classe sociale n'est plus disciplinée que la bourgeoisie, ni plus systématique. Mais il y a des nuances, d'un pays à l'autre.

La bourgeoisie anglaise prend naïvement à la lettre cette formule : avoir réponse à tout. Elle tient que cette réponse est trouvée depuis des siècles et qu'il n'y a plus lieu de s'en occuper : ce serait perdre son temps. Aucun jeune Anglais ne perd son temps à réfléchir sur les questions éternelles qui, pour son bonheur, étaient résolues bien avant sa naissance. C'est une fameuse épine qu'on lui a tirée du pied, et il ne se plaint pas d'être venu trop tard dans un monde trop vieux. Aucun jeune Anglais n'a jamais eu sa nuit de Jouffroy.

Cette sécurité est admirable. Elle a ses défauts. Elle favorise la paresse d'intelligences qui n'y sont déjà que trop portées, et qui délèguent trop volontiers leurs pouvoirs. Elle supprime toute initiative personnelle aussi bien dans l'ordre de la raison pure que dans l'ordre de la raison pratique. Le remède héroïque est *l'excentricité*. Le mot et la chose sont d'invention anglaise. Usant, abusant d'un privilège inexplicable, mais que nul censeur ne conteste, certains élus pensent et agissent rigoureusement à l'envers de la bienséance et de l'orthodoxie. La société les applaudit jusqu'au jour où, selon la parole de Macaulay, la vertu anglaise devient révoltante. C'est tous les cinq ou six ans.

La grande supériorité d'agrément de la bourgeoisie française est que ses cadres, aussi bien arrêtés, sont plus souples, et que, pour y prendre ses aises, on n'est jamais contraint de les briser. Un excentrique, chez nous, n'aurait point d'excuse. Il serait même un peu ridicule. On se demanderait à qui il en a, pourquoi il enfonce des portes ouvertes et se bat contre des moulins à vent.

La bourgeoisie française a aussi réponse à tout : sinon elle ne serait pas bourgeoise et mentirait à sa définition ; mais elle ne tient pas autrement à ses réponses. C'est une aimable commodité. Il y a un air de bien penser qui permet de penser mal sans que les plus bourgeois y trouvent à redire.

Le moment est venu d'examiner la doctrine bourgeoise. On s'avise que l'on a traité dans un précédent chapitre ce qui concerne la vertu et la discipline des mœurs : n'en parlons plus.

Il y a, parmi les questions, un ordre de préséance. Les penseurs de profession seraient bien capables d'en faire bon marché ; mais la bourgeoisie est, comme on dit, à cheval sur ce protocole, aussi sacré à ses yeux que la *notitia dignitatum*, le *tchin*, ou l'étiquette de cour de Napoléon, qui renchérit sur celle de Louis XIV.

Nous la scandaliserions fort si nous ne commencions *ab Jove.*

On met les métaphysiciens dans un grand embarras si on leur demande de s'expliquer clairement sur l'Infini ; mais dès que l'on renonce à l'explication, il crève les yeux que la créature finie soutient avec l'Infini certains rapports indéfinissables. Ceux que ces mystérieux rapports obsèdent, ou seulement agacent, sont les esprits religieux ; et ceux qui n'y songent guère sont les mécréants.

La bourgeoisie, c'est une justice à lui rendre, a toujours senti très vivement l'utilité de la religion. Mais son sentiment à cet égard a subi, au cours des âges, ce que Bossuet eût appelé des « variations », et qu'il n'aimait pas.

Si, lorsque l'on touche ces matières délicates, il était convenable d'alléguer, après un orateur chrétien, un auteur comique, j'aurais plaisir à citer une réplique d'Henry Becque.

C'est dans *la Parisienne.* Clotilde dit à son amant :

— Vous êtes un libre penseur ! Je crois que vous vous entendriez très bien avec une maîtresse qui n'aurait pas de religion, quelle horreur !

Ce mot est merveilleusement bourgeois.

La bourgeoisie n'a jamais eu beaucoup de cette

religion, dont elle avoue la nécessité. On dit « la foi du charbonnier », l'idée ne viendrait à personne de dire « la foi du bourgeois, du gros bourgeois, du grand ou du petit bourgeois ». Avec cela, elle a toujours regimbé contre l'autorité ecclésiastique, et réclamé contre les ministres mêmes du culte les droits de la satire. Bref, elle a ce que nous appelons, en notre langage moderne, un vieux fond d'anticléricalisme. La tournure d'esprit bourgeoise n'admet point les antinomies, et c'est ce qui de tout temps, mais singulièrement depuis le milieu du XIXe siècle, a donné au problème religieux des airs d'être insoluble.

Mais *impossible* est français et de toutes les langues : *insoluble* n'est pas un mot de la langue bourgeoise, en aucun pays ni en aucun temps. La bourgeoisie n'admet pas les antinomies, mais elle est la reine du compromis et de la transaction. Ce qu'elle avait imaginé aux plus beaux jours du Second Empire pour se tirer de la difficulté religieuse était en vérité trop simple.

Rien ne choque les Anglais comme l'usage commun à la plupart des autres peuples de donner un genre ou un « sexe » aux objets inanimés. Cela ne leur paraît point seulement déraisonnable ou ridicule, mais inconvenant. Aussi les *middle classes* sont-elles bien plus embarrassées que notre bourgeoisie par cette religion qui, en anglais, est du neutre, tandis que chez nous elle est du féminin. Nos pères ont profité de ce féminin.

Jusqu'à la guerre de 1870, il a été convenu que,

dans un ménage bien assorti et respectable, la religion était l'affaire de la femme, et un libertinage discret le privilège du mari. La femme pratiquait, et le mari, qui ne pratiquait point, n'eût pas souffert qu'elle négligeât ses devoirs religieux. Les politiques disaient : « Il faut une religion pour le peuple ». Tous les maris bourgeois pensaient, et à fort peu près dans le même sens, qu'il faut une religion pour les femmes.

Madame allait à la messe, et Monsieur ne l'y accompagnait point, mais il allait la chercher à la sortie ; du moins pendant la lune de miel ; plus tard, on eût souri, les voyant revenir ensemble de l'église et Madame son gros livre à la main ; on eût dit :

— Mais c'est Philémon et Baucis !

Madame avait une dispense de jeûne pendant le carême et Monsieur se dispensait de jeûner ; mais ils faisaient tous deux maigre le vendredi saint. Monsieur attendait jusqu'à la dernière minute pour approcher des sacrements, comme Talleyrand pour signer sa rétractation : jusque-là il se contentait de penser bien, et l'on se demande ce qu'il pouvait entendre en effet par « penser bien », sinon parler quelquefois avec déférence des choses éternelles et n'y penser jamais.

Ces combinaisons mondaines ne sauraient satisfaire les paysans du Danube, qui, croyants ou non, attachent quelque importance, ou même la plus grande importance à la religion.

Il était réservé à notre âge de résoudre pratiquement

la contradiction bourgeoise de la religion et de l'esprit irréligieux. On s'est avisé enfin que le problème était mal posé et qu'il en fallait simplement retourner les termes : il ne s'agit pas d'être religieux sans croire et anticlérical par-dessus le marché ; le dernier genre, aussi bon pour les hommes que pour les femmes, et, si l'on ose dire, le dernier cri est d'être ensemble clérical et athée.

Un romancier ingénieux s'est amusé à rechercher comment, selon les lois connues ou probables de l'hérédité, avait pu tourner d'âge en âge la descendance de la famille Harpagon. L'évolution de la famille Tartuffe ne serait pas moins divertissante à conjecturer, et d'un intérêt plus actuel.

J'ai idée que l'imposteur, ou plutôt l'écornifleur, n'est pas demeuré fort longtemps en prison. Peut-être même ne l'a-t-on conduit que jusqu'à la porte, pour la forme, et l'a-t-on relâché en lui disant :

— Monsieur, que ceci vous serve de leçon. Vous avez été imprudent, vous avez jeté le masque trop tôt. Nous vivons sous un prince ennemi de la fraude, mais qui sait tout le parti que l'on en peut tirer pour le bien de l'État ; car d'un fin discernement sa grande âme est pourvue. Monsieur, vous êtes une force, au moins une utilité sociale, et Louis n'en veut négliger aucune. Laissez donc votre roi et le temps travailler pour vous ; ayez le tact de disparaître, on croira que vous êtes allé vous faire pendre ailleurs, et dans quelques années ou quelques mois, Orgon tout le premier sera fort aise d'apprendre que, pendu ou embastillé, vous ne vous portez pas moins bien. Il est conservateur comme vous, un peu plus échauffé, mais vous ne sauriez au bout du compte manquer de vous entendre avec lui.

J'ai idée que ce bourgeois d'Orgon sauta en effet au cou de Tartuffe quand il le rencontra un peu plus tard. Il lui fit même des excuses et l'emmena dîner à la maison. Elmire ne fut point fâchée de le revoir ; et il se pourrait même que Mariane, qui évidemment s'était brouillée dans l'intervalle avec Valère, ne lui eût pas refusé sa main.

Qu'il ait épousé Mariane ou une autre, Tartuffe a eu des enfants, ses principes ne lui permettant point d'assigner au mariage un autre objet ; et ainsi, le nom de Tartuffe n'a point péri. Le nom ni la chose. Mais le personnage a un peu changé d'aspect : c'est une figure à transformations.

M. Tartuffe le fils a été fort débauché au temps de la Régence, tout en gardant les dehors de la foi ; il a été prié aux petits soupers du Palais-Royal, mais il n'oubliait point de dire le *benedicite* avant de se mettre à table, et, quand il en sortait, les grâces, s'il avait encore sa tête. M. Tartuffe le petit-fils a été, par réaction, philosophe et encyclopédiste. Les excès de la Révolution française ont donné à réfléchir au fils du petit-fils, qui, après avoir joué au jacobin pour sauver sa peau, est devenu bonapartiste enragé sous l'Empire et ultra sous la Restauration. Le croirait-on ? le régime de 1830 lui a inspiré peu de sympathie et de confiance. La révolution de 1848 ne l'a pas moins fait trembler, et il a été trop heureux de pouvoir, sur ses vieux jours, redevenir bonapartiste, faute de mieux, après « l'opération de police un peu rude ».

Mais ce n'est qu'à l'aurore du XX^e^ siècle que la famille Tartuffe a vraiment trouvé sa voie ou, si l'on préfère, son équilibre. Le dernier des Tartuffe, le nôtre, est encore plus homme à principes que pas un de ses ascendants. Toutes ses idées sont comme tirées au cordeau. Il est doctrinaire dans toute la force, dans toute l'horreur du terme, et il ne lui déplaît pas d'avoir l'air pédant, cuistre, ni même ladre. Il aimerait mieux transiger avec sa conscience qu'avec son système, mais il n'est point réduit à cette nécessité, car il a su enfin concilier l'une et l'autre. Son secret était déjà contenu dans cette formule de Tartuffe l'ancien : « L'intérêt du Prince est mon premier devoir », mais il l'interprète à sa manière. Le Tartuffe contemporain est essentiellement un animal politique, lié au parti qu'il mène, et il sacrifierait n'importe quoi « à de si puissants nœuds ». Le mot *Prince* ne désigne plus pour lui une personne, mais une entité : sa doctrine. Et voyez comme elle est commode ! Il s'est avisé que, si elle l'oblige à faire l'apologie des convictions qu'il n'a pas, elle ne l'oblige même plus à les feindre. Il a une espèce de franchise, ou de cynisme ; et quand il sort de son appartement, il ne prend même plus la peine de dire très haut à son valet :

— Laurent, serrez ma haire avec ma discipline.

On signale une nouvelle espèce de politique bourgeois : le furieux. L'état dionysiaque est son état ordinaire. Il trépigne, il fulmine, il invective. Il fait du bruit comme quatre, et l'on croit qu'il est légion. L'on reviendrait de cette erreur si l'on osait compter les énergumènes. Le vrai est que le caractère politique du bourgeois en France a changé fort peu depuis les temps les plus reculés. S'il a décliné, c'est plutôt vers l'indifférence que vers la violence.

Les temps sont durs ; chacun (surtout le rentier, — pauvre rentier !) doit vivre de son travail et en tirer, comme parlent les économistes, le maximum de rendement. La division du travail est, en conséquence, rigoureuse ; quelques-uns font deux métiers, mais alors le deuxième est un métier de secours, ce n'est pas le violon d'Ingres. D'où il s'ensuit qu'il n'est plus de politiques amateurs, mais des professionnels à qui les citoyens délèguent leurs pouvoirs en se réservant tout au plus un droit de regard et un sujet de conversation.

Encore est-ce un sujet bien rebattu, bien usé, qui, franchement, n'intéresse personne. Le scepticisme a envahi la politique tout entière. L'expérience nous a instruits que les diverses formes de gouvernement, non seulement se valent, mais ne diffèrent les unes des autres que par le nom ; et ce nominalisme nous refroidit autant que le réalisme de naguère nous échauffait.

Les bourgeois de France ont gardé cependant les habitudes d'esprit héréditaires qu'ils n'avaient aucune raison de modifier. Un vent de fronde souffle toujours sur cette bourgeoisie, d'ailleurs conservatrice, dont l'arrière-garde est un prolétariat presque aussi conservateur et, pour trancher le mot, bourgeois. Le bourgeois continue à être de l'opposition sous tous les régimes, et l'opposition continue à être le plus ferme appui du gouvernement. Il a toujours un faible pour les opinions extrêmes, dont la pratique entraînerait sa ruine ; mais rassurons-nous, ce n'est même pas du sadisme, c'est à peine de la coquetterie.

Le socialisme est une des tentations du bourgeois. Tentation effrayante et inoffensive. Le bourgeois, né malin, a flairé d'abord qu'il pouvait, comme on dit, marcher et qu'il ne risquait rien.

Pourquoi ne s'offrirait-il point le luxe de souscrire la fameuse définition de Proudhon : « La propriété, c'est le vol » ? L'essentiel est que, par progrès, le vol soit devenu la propriété. Le premier voleur n'est pas un ancêtre plus compromettant que cette aïeule roturière dont le petit-fils très noble disait, pour s'excuser de porter son deuil :

— Une grand-mère si éloignée !...

Les bourgeois ne pourront jamais être socialistes tout de bon. La cause de cette impuissance est honorable : ils ne peuvent se guérir de la charité, qui est incompatible avec la justice sociale, du moins avec le *summum jus*...

Ils vont au peuple de la meilleure foi du monde et avec la plus touchante bonne volonté ; mais les hommes vont au peuple à titre de bienfaiteurs, et les femmes à titre de dames patronnesses.

Leur mérite n'en est pas moins grand ; il est même plus humain, quoiqu'il donne lieu à un malentendu. On ne peut les soupçonner de calcul, à peine de snobisme : les voisinages sont si flatteurs sur les listes de comités !

Mais on parlera du snobisme un peu plus loin.

Les bourgeois ont donné récemment une preuve nouvelle, probante et, en quelque sorte, officielle de leur goût pour les choses de l'intelligence et de l'art, ainsi que de leur compétence en ces matières : ils sont devenus collectionneurs et bibliophiles.

Le cousin Pons, qui est vieux garçon, eût, en d'autres temps, passé pour un fou aux yeux de sa famille ; de nos jours, il ne donne que de la satisfaction à ses héritiers présomptifs, qui le guettent. Il n'a point de vices coûteux, il n'a que la manie des bibelots et des livres. Son instinct bourgeois l'avertit qu'il n'est pas de meilleur placement. Bourgeois comme lui, messieurs ses cousins et ses neveux sont du même avis.

Il ne se flatte point de dénicher des occasions extraordinaires, ces aubaines ne se présentent plus guère aujourd'hui. Le cousin Pons paie ce qu'il faut, et il est sûr de ne point faire de mauvais marchés : la cote de la curiosité est soutenue, il joue à la hausse. Qu'importe si toutes ses économies y passent ? Il n'a aucun besoin. Brave cousin Pons ! Messieurs ses cousins et ses neveux, loin de le critiquer, l'encouragent. Ils admirent ses trouvailles : ils sont connaisseurs ; ils le sont devenus, en prévision de l'héritage, et tout bas ils se disent :

— Quelle vente, après décès !

Ils ont déjà choisi le commissaire-priseur.

Le cousin Pons n'a fait qu'une frasque : il s'est privé d'un livre à figures pour vendre des francs ; il en a vendu, à découvert, beaucoup plus qu'il n'en avait, et notre devise s'est arrêtée brusquement au bord de l'abîme. Le cousin Pons est trop patriote pour en gémir, mais il est quasi ruiné. Heureusement, la famille n'en sait rien.

Un généreux amateur lui achète en bloc, moyennant une rente viagère, sa bibliothèque et ses vitrines, et, comme il est fort vieux, lui en laisse la jouissance sa vie durant. L'honneur bourgeois est sauf, et le cousin Pons est réconcilié avec l'idée de sa fin prochaine.

Il n'y peut plus songer sans imaginer aussi la tête

que feront ses cousins et neveux quand ils accourront chez lui à la nouvelle de sa mort, trouveront les scellés, et apprendront qu'il meurt sans le sou.

*CHAPITRE VI*

# LA SOCIÉTÉ BOURGEOISE ET LE SNOBISME

LA bourgeoisie n'a rien gagné qui compte, à la petite cérémonie du sacrifice des privilèges sur l'autel de la Patrie, le 4 août ; mais le jour qu'au lieu de dire *la Cour et la Ville* on a commencé de dire *le Monde*, et qu'en être ou n'en être pas a été la question, ce jour-là, si elle a cessé d'exister à titre de classe, elle a enfin pris son rang et accompli sa destinée.

Définir le monde est impossible à force de facilité. Heureusement, il faut croire que le sens de ce mot n'est ignoré de personne, puisqu'on l'emploie à tout bout de champ.

A première vue, il offre une singularité amusante : il est, de tous les mots du vocabulaire, celui qui a le sens le plus général, et on l'emploie ordinairement dans le sens le plus particulier, le plus fermé, si l'on peut dire.

L'adjectif latin d'où vient « monde » signifie « bien ordonné » de même que κόσμος en grec, et ces deux qualificatifs sont devenus, dans l'une et l'autre langue, le nom de l'Univers, parce que, dès l'origine, les hommes ont cru apercevoir dans le grand Tout des traces d'arrangement, et même de beauté. *Mundus* et κόσμος signifient également « pur », « net » et « propre ». C'est apparemment pourquoi « monde », qui est le nom de l'Univers, est aussi, plus spécialement, le nom d'une certaine élite de la société, plus polie, mieux tenue, mieux nettoyée.

Mme de Staël partageait l'humanité en deux catégories : les gens qui se lavent les mains, et les gens qui ne se lavent pas les mains. Le jour qu'elle a prononcé ce jugement, aussi catégorique et aussi élémentaire que les jugements derniers, les bons ou les propres à droite, les méchants ou les malpropres à gauche, elle a réellement aboli toutes les autres distinctions de classes et changé l'échelle des valeurs ; elle a fait la véritable révolution.

La distinction des gens qui se lavent et de ceux qui ne se lavent pas est aussi ancienne que le genre humain et l'eau, tandis que le monde, au sens actuel, est un néologisme. Il ne signifie que « le siècle » chez nos écrivains classiques, et c'est déjà une indication de son avenir, mais rien de plus. M. le duc et Mme la duchesse de Luynes firent construire leur château de Vaumurier, proche l'abbaye de Port-Royal, afin de se retirer du monde ; mais on n'appelait point Mme de Sévigné ou Mme de Lafayette des femmes du monde parce qu'elles ne songeaient point à s'en retirer. Plus tard, on n'appelait femmes du monde ni Mme du Deffand ni Mme Helvétius, et l'on ne distinguait pas Voltaire de Diderot, ce bohème, ou de Jean-Jacques, ce sauvage, en attribuant au premier et en refusant aux deux autres la qualité d'homme du monde. Enfin, la locution « fille du monde » exprimait jadis ce que nous entendons aujourd'hui par le seul mot « fille », et s'ajustait aussi mal que possible à notre conception de la mondanité.

Il est plaisant qu'aujourd'hui on offense presque également les gens si on leur dit qu'ils sont du monde ou si on leur dit qu'ils n'en sont point.

C'est une occupation, et fort absorbante, que de vivre. Elle est continuelle pour les animaux et ne leur laisse point de loisir. Les hommes en ont un peu plus, et pourtant le commun des hommes n'en a guère. Aux soucis de la vie naturelle s'ajoutent ceux de la vie sociale. Mais dans toutes les sociétés un peu raffinées, et jusque dans les primitives, il est un groupe de privilégiés, affranchis, à peu près libres, et que l'on peut à la rigueur concevoir libres absolument ; pour qui la principale affaire, ou la seule, est le plaisir, le luxe ou le sentiment ; des gens qui peuvent mener une vie exclusivement morale — ou immorale — ou, si l'on préfère, esthétique. Le plus essentiel caractère de la beauté est qu'elle trouve en soi-même sa raison et son objet, elle n'est point utile. L'art est un jeu ; les artistes font le même emploi de leurs énergies superflues que les enfants, qui crient pour crier, qui courent pour courir, et qui inventent des fables ou des poèmes merveilleux, moins pour le plaisir que pour le soulagement de leur excessive imagination.

Ces élus, qui ne semblent vivre que par jeu, ces artistes, ou ces enfants, sont les gens du monde.

Ils ont, pour ainsi dire, *stylisé* les fonctions les plus basses de l'humanité ; et quand les autres se nourrissent ou se repaissent, ils mangent.

Ils aiment probablement de la même façon que les pauvres hères ; mais leur sensibilité est indépendante, dégagée des accessoires incommodes, isolée. Leurs cas se présentent aux anatomistes du cœur humain simplifiés comme des espèces de préparations psychologiques.

Jadis, on ne pensait point que cette prérogative pût être attribuée à des personnages moindres que les reines et les rois, et ils étaient en conséquence les seuls héros de la tragédie. Le roman d'analyse est plus libéral : il admet tous les gens du monde ; et, depuis un demi-siècle, le roman d'analyse ou le roman dit mondain est aussi le roman bourgeois.

Si, pour être du monde, l'oisiveté est une condition *sine qua non*, dans l'état présent de la société l'homme du monde est un mythe, car on n'en trouve point qui soient *out of business*. Mais on a fait une cote mal taillée, et, faute d'oisifs continus, on se contente d'oisifs intermittents.

Nul n'est homme du monde du matin au soir et du soir au matin ; mais beaucoup peuvent encore l'être de telle à telle heure.

Cette tolérance a établi dans le monde une sorte d'égalité définitive, et effacé toute distinction de caste, sinon de fortune.

Il suffit d'avoir un peu de temps à perdre, quelques agréments assez médiocres de conversation, une éducation que j'appellerai primaire, et un habit. Je ne dis point : des gants ; depuis la guerre, ils n'en portent plus.

Mais voici la principale cause et la plus efficace d'égalité. L'amour, en conversation ou en acte, n'est pas seulement le passe-temps des gens du monde, et il est encore moins leur divertissement, car il est leur fonction même et leur seule raison d'être. Il va de soi que l'on parle de l'amour hors mariage.

Des personnes qui se sont aimées, qui s'aiment ou bien qui s'aimeront un jour ou l'autre, sont égales à la lettre, soit dans un passé dont elles ne sauraient plus perdre la mémoire, ou dans un avenir dont elles caressent toujours l'espoir flatteur et quasi certain, ou enfin dans le présent, dont le tutoiement est une donnée actuelle et immédiate de l'expérience. L'égalité devant la mort est une fiction de la religion ou de la morale que démentent les usages de la société ; mais l'égalité devant l'amour est un fait de la nature.

Il ne serait donc point concevable que les anciens cadres de la hiérarchie ne fussent point brisés ; mais voici le miracle, ils ne le sont pas, et ce miracle est un grand bienfait ; car la survivance, même illusoire, d'un fantôme d'aristocratie, produit le *snobisme*, faute de quoi cette société trop homogène, uniformément bourgeoise, serait satisfaite, immobile et comme stupide, grâce à quoi elle est rongée d'envie, d'ambition, et elle a une espèce d'idéal.

Seules vivent les sociétés où nul n'est content de son sort et où chacun veut changer de place, pour monter d'un échelon ; car la vie est mouvement. La vraie cause première est le snobisme, qui met toute la machine en branle et donne la chiquenaude.

Ce qui a ruiné l'ancien régime, c'est peut-être sa stabilité, et le privilège exorbitant de la naissance, équivalant à une prédestination. Ce privilège est devenu l'essentiel objet du snobisme depuis qu'il n'est réellement plus rien, de même que nos images deviennent étoffe de rêve quand elles sont si usées que notre imagination à l'état de veille n'en veut plus.

Dès que l'on pressent l'importance du snobisme et

son rôle d'animateur, on fait scrupule d'en parler davantage sans l'avoir au préalable défini ; et l'on est naturellement tenté d'emprunter cette définition à William Makepeace Thackeray, inventeur du mot, sinon de la chose. Mais Thackeray donne plusieurs définitions, qui n'en valent pas une bonne. Un auteur dramatique a plaisamment observé que les jeunes personnes qui sont demandées en mariage à tout bout de champ ne se marient jamais : elles n'ont de chances d'y parvenir que si on les demande une seule fois, mais une bonne fois.

Nommer Thackeray « l'inventeur » du mot *snob* ne signifie pas qu'il l'a créé, mais qu'il l'a trouvé. Il l'a lancé et lui a donné le sens où nous devons désormais le prendre, supposé qu'il ait su bien au juste le sens qu'il lui donnait et qu'il se soit soucié de lui donner un sens rigoureux.

Savait-il seulement que ce mot est d'origine, non point britannique, mais scandinave ? *Snob* émigra de bonne heure en Grande-Bretagne, où il fit un stage assez long dans l'argot des Universités. Les étudiants anglais appelaient *snobs* les êtres communs, mal élevés, bornés. Le snobisme, c'était la vulgarité, de manières ou d'esprit. Le snob ressemble comme un frère au savetier ou à l'épicier de nos rapins, au philistin de Gœthe et au BOURGEOIS des romantiques.

Le trait de famille de tous ces gens-là, savetiers,

épiciers, philistins, — ou bourgeois, — ou snobs, es l'humilité vaniteuse. Ils ne sont pas tout à fait aveugle sur leurs défauts et leurs tares originelles ; aussi s targuent-ils curieusement de l'apparence des qualité correspondantes que la mauvaise fée leur a refusées Ils ne méconnaissent pas la supériorité des gens d distinction ; ils les haïssent et les envient, et même il les méprisent, mais ils les admirent. C'est comme u fait exprès : ils admirent chez les gens admirables c qui justement ne mérite pas d'être admiré ; ils imiten ce qui ne mérite pas d'être imité, chez les supérieurs

On ne peut nier que cette vue ne soit juste, mais ell est étroite. Elle a suggéré à Thackeray sa meilleur définition du snob : « Celui qui admire mesquinemen des choses mesquines ». Mais, si cette définition, qu n'est point fausse, était suffisante, le snobisme n serait qu'un ridicule, et un ridicule innombrable comme l'a voulu Thackeray. Ce qui fait que le sno bisme est aussi un bienfait et une force, c'est que l'admi ration, toujours mesquine, s'adresse tantôt à des objet qui ne sont point dignes, et tantôt à des objets qui son dignes de l'inspirer. Et qu'importe que l'on admir mesquinement des choses admirables ? Qu'import la bassesse de la cause ? Seule compte la grandeur d l'effet.

— Donnez-moi un levier assez puissant, disai Archimède, et je soulèverai le monde.

Une providence, ironique ensemble et bienveillante, a donné aux bourgeois le levier du snobisme, et ils se sont élevés, ils s'élèvent chaque jour. On ne sait plus où ils s'arrêteront. *Quo non ascendam ?*

Dieu fait bien ce qu'il fait.

On voudrait finir, non pas sur un « caractère » selon la recette classique, mais sur une image d'Épinal. Le titre est *Jacques le bon sujet ou l'Éducation bourgeoise*.

Dans la première case, vous voyez Jacques en train de naître, ou plutôt il se voit lui-même, il a une vision. C'est qu'il vient de retrouver, parmi des papiers de famille, des lettres écrites à sa mère, à l'occasion de sa propre naissance ; de ces lettres où, avec la simplicité de ces anciens âges, on parlait d'accouchement et de délivrance : les bourgeoises d'aujourd'hui n'accouchent plus, elles « mettent au jour », comme jadis les seules princesses. Le style suranné de cette correspondance a doucement ému Jacques et lui a suggéré des images, pour ainsi dire, assorties. Il voit près du lit de l'accouchée, qui porte un bonnet blanc, une dame en crinoline, qui doit être l'une de ses grand-mères, et dans une barcelonnette démodée un petit ange : c'est lui.

Les peintures et les légendes des cases suivantes résument son enfance, que l'on croyait, qu'il croyait heureuse à force de l'entendre dire, et qui ne l'était point. La cause de cette erreur universelle est que ses bons parents l'admettaient à partager toutes les joies des grandes personnes. Il dînait à table et l'on ne sait pourquoi il y restait muet et morose puisqu'on ne lui défendait pas de dire son mot. Son père et sa mère, élevés jadis sévèrement, le gâtaient par esprit de contradiction ; mais Jacques se moquait bien d'être gâté : il eût préféré d'être compris. Les enfants ne doutent de rien !

Le malentendu s'aggrave lorsque Jacques va au collège, externe naturellement. L'enfant gâté est un enfant sage et travailleur. Il est tendre, expansif, et on le croit renfermé. Il prend pour parole d'évangile tout ce que lui disent ses professeurs, et ses parents semblent ne plus lui inspirer aucune confiance. Il a des amitiés particulières et ses parents en sont jaloux.

Ils trouvent à redire à tous les choix de son cœur. Ils ne sauraient lui reprocher de ne pas vivre comme un ours ; mais, perfidement, ils lui conseillent de ne point fréquenter ceux qui sont au-dessus de lui par le rang ou par la fortune, et c'est vers ceux-là, comme juste, que Jacques se sent plus attiré. La première fois qu'il entend cette recommandation intéressée, il se révolte ; et, bien qu'il n'en saisisse pas encore toute la portée, il devine que voilà probablement le mot de l'énigme.

Les parents de Jacques sont fort à leur aise et vivent des rentes que ses grands-parents ont amassées ; mais la famille ne s'est point élevée depuis cent ans, elle ne s'est ni appauvrie ni enrichie, elle n'a pas bougé,

Jacques va tantôt la remettre en marche. C'est sa destinée et c'est son instinct. Si les vieux ne veulent pas ou ne peuvent pas le comprendre, tant pis. Telle est la cause du conflit fatal des générations qui sont venues et des générations qui viennent.

Jacques, d'abord, hésite. Il est mélancolique et découragé. Il se croit atteint de romantisme : on ne saurait être moins romantique. Il se plaint d'être né trop tard dans un monde trop vieux ; il ne pouvait naître plus à point et dans une bourgeoisie plus en appétit de se rajeunir.

Enfin il devient homme, et du même coup son caractère se détermine : il devient snob, il est sauvé ! La bourgeoisie est sauvée avec lui. Jacques est l'ouvrier de cette rédemption, il est le personnage représentatif de sa caste.

Jacques, en dépit de ses parents, fréquente le beau monde. Il est, dès son adolescence, reçu chez les nouveaux riches, admis chez les artistes et dans les ruines du faubourg Saint-Germain. Ici et là, il est, à ses débuts, un peu compassé. On sourit et on le brime, mais discrètement. Il y a deux ou trois intermèdes comiques, et l'on voit, sans qu'il soit besoin d'y insister, les effets de pittoresque et de comique sans amertume qu'en peut tirer un illustrateur d'images d'Épinal.

Cependant, l'excellente éducation bourgeoise de Jacques fait merveille dans ces milieux, souvent plus lâchés que son milieu d'origine, où bientôt l'on ne se moque plus de lui que s'il a le dos tourné, et où l'on ne tarde guère de le prendre en considération. Il est fin, il sait observer ; il emprunte, des mauvaises manières d'autrui, juste ce qu'il lui faut pour s'adapter et pour s'assouplir. Il croit encore imiter les autres quand c'est déjà lui que l'on imite, et un beau jour, il donne le ton.

Vertu admirable du snobisme ! Jacques s'est donné la peine de naître à l'heure de la renaissance des sports. Il est, naturellement, l'un des premiers adeptes du paganisme nouveau, et, grâce au snobisme, il reçoit l'éducation gymnastique, selon le vœu des anciens Grecs. Il reçoit également, selon la même méthode, une éducation musicale. Chacun sait que, sans le snobisme, jamais les Français ne seraient devenus musiciens.

Il faut l'entendre au sens le plus général. La musique est le nom commun de tous les arts. Jacques n'aurait point, sans le snobisme, goûté la peinture moderne et la littérature du dernier bateau. Il les goûte, mais voici le chef-d'œuvre de l'esprit bourgeois : jusque dans les extravagances que lui commande la mode, il garde cette mesure qui est sa marque d'origine. Il ne souffre l'absurdité qu'autant que le sens commun le lui permet. Il est partout et toujours le bourgeois, dans le mouvement, dans le train, mais bien tempéré.

# TABLE DES MATIÈRES



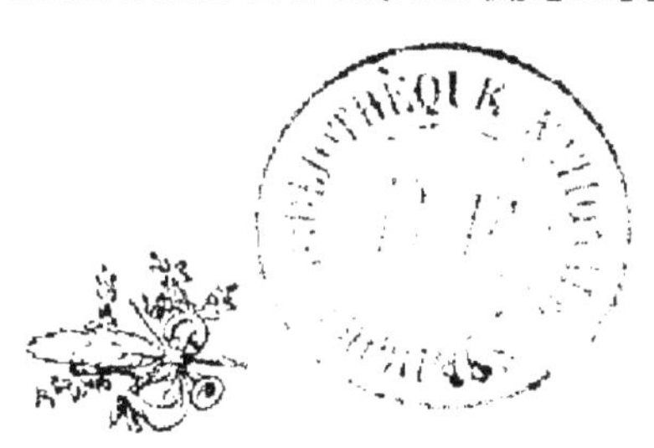

IMPRIMERIE CRÉTÉ
CORBEIL (S.-ET-O.).

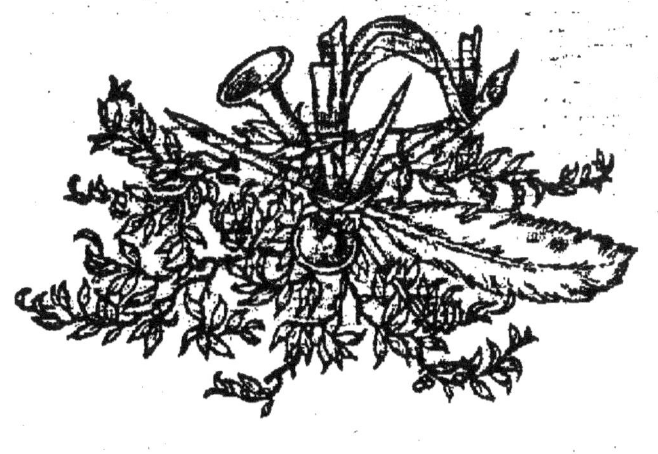

www.ingramcontent.com/pod-product-compliance
Lightning Source LLC
LaVergne TN
LVHW020029170826
845678LV00001B/175

* 9 7 8 2 3 2 9 7 7 0 2 0 8 *